KB162326

# A to Z
# 이것만 먹으면 누구나 시인

박 진 한 시와 해설

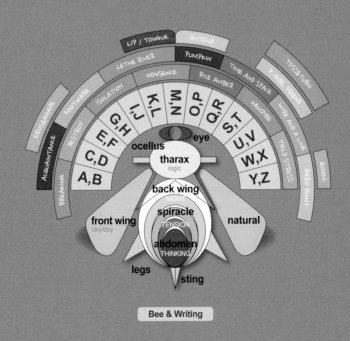

Bee & Writing

## 책을 내면서

믿거나 말거나
인간은 아름다움에 대한 흥분으로 발전된다고 믿는다.
종교의 지나친 믿음과 샤머니즘에 빠져
자신을 잃어버리기도 한다.
그 원천은 창조란 기본을 가지고 있는 것 같다.
과학의 발전도 근본을 찾아보면 새로운 창조를 위한 것이다.

비록 많은 책을 내진 않았지만 쓴 시는 수백 수를 적었다.
난 나의 개성으로 살아가고 있으며
결국엔 모두는 각자 혼자일 뿐이다.
너스레는 싫다. 지금까지 글쓰기 기본을 많이도 읽었다,
또 수하 생활도 있었다.
그 나름의 틀이 있고 기준에 충실하면
평범하게는 보일 것이다만,
차라리 자신의 성격에 매몰되면 독특한 글이 된다.

詩란 보이지도 않는 여러 색깔을 수반하는 것으로 보고
나름대로의 매몰된 공식을 만들어 기본을 찾아 대입하여 쓰곤 했다.
그것을 여기에 펼쳐 시와 수필을 쓰시는 분들에게
먹을 것도 없는 도움, 혹은 여기에 이런 것도 있다는
정도의 속내를 보인다.

박 진 한

# 차례 | 이것만 먹으면 누구나 시인

# 1

## 제 1장 알파벳(Alphabet)과 시

## 1.1 알파벳을 기본으로 시, 수필 쓰기의 연구

시인이 각자의 독특한 개성의 시를 쓰는 바탕에는 무엇을 기본으로 쓰느냐가 매우 중요하다.

여기에 영어를 기본으로 나만의 시 쓰기 기법을 소개한다.

이 기법을 이용하면 너무나 쉽게 시와 수필 쓰기를 할 수 있다는 생각에서다. 영어 전공도 아닌 저자가 직업적 필수 영어를 조금 하면서부터 연구한 아주 개성 있는 기법이다.

우선 유명 근대 시인 중에는 영문학 전공 및 영어를 잘하는 시인이 얼마나 많은 지 알아보았다.

1. 백　　석 : 일본 아오야마 가쿠인 전문부 영어 사범과
　　　　　　대표작 "나와 나타샤와 흰 당나귀"

2. 정지용 : 일본 도시샤대학교 영문과 졸업
　　　　　　대표작 "유리창"

3. 윤동주 : 일본 도쿄 릿쿄대학교 문학부 영문과에 입학 후
　　　　　　교토 도시샤대학교 영문학과 편입 제적
　　　　　　대표작 "하늘과 바람과 별과 시"

4. 김기림 : 일본의 닛폰대학교 영문학과 중퇴, 도호쿠 제국대학교 영문학과 졸업
　　　　　　대표작 "길"

5. 김상용 : 릿쿄대학교 영어영문학과 졸업
　　　　　　대표작 "남으로 창을 내겠소"

6. 노천명 : 이화 여자전문학교 영문과 졸업
　　　　　　대표작 "사슴"

7. 김수영 : 오스카 와일드의 원문 시작품들을 외워 읽을 만큼 영어 성적이 우수
　　　　대표작 "풀"

8. 변영로 : 캘리포니아 새너제이 주립대학교 영어영문학과 중퇴
　　　　대표작 "논개"

9. 이효석 : 일본 경성제국대학교 법문학부 영문과 졸업
　　　　대표작 "메밀꽃 필 무렵"

10. 김동인 : 일본 메이지대학교 영어영문학과 중퇴
　　　　 대표작 소설 "배따라기", "감자"

　이 외에도 근대 시인들이 영어를 신 문화로 받아들였다는 증거는 많다. 열거한 작가들이 영문학과 관련이 있다는 것을 한 눈에 알 수 있다. 독특한 글을 쓰려면 자신의 글을 뒷받침하는, 글과는 동떨어진 학문(영문, 철학, 종교, 한문)이나 공학적인 시야를 가지는 것이 좋다는 것을 알 수 있다. 한 예로 이상(본명 김해경)은 건축학을 전공하고 건축설계 기법의 삼차원 시각으로 아방가르드 풍의 작품을 남겼다. "건축무한육면체", "오감도", "거울", "날개" 등에서 전공분야의 독특한 개성이 묻어 남을 알 수 있다.

　최근 어느 국문학 교수로부터 국문학도 모르는데 무슨 시를 쓰느냐는 식의 대화가 있었다. 아직도 답답하신 분이 있다. 글은 일정 부분 태어난 선천적 기질과 후천적 습득에 의해서 그 개성이 만들어진다고도 할 수 있다.

　글은 자신이 평하는 것이 아니라 독자가 평한다. 문법이 틀려도 자신의 속내를 솔직히 드러내고 그것이 독자에게 감동을 줄 수 있다면 그 방법이 최고의 글이 아닐까.

영문학을 전공한 시인들은 나름의 표현 방법이 더 넓다는 것은 이상한 논리의 확장인지도 모른다. 그러나 통계는 어쩔 수 없는 자료이다.

저자는 뒤늦게 국문학을 공부하고 영어는 직업상 공학적이고 기술적인 표현을 조금 하지만 생활 영어는 미숙하다. 하지만 영어는 '은유의 언어'라고 할 만큼 은유가 많다는 것을 알게 되었다. 여기서 영어를 매개로 시를 쓰는 기법(poem writing skill)을 생각해 내게 되었다.

아래의 예를 보자.

You're a rock. (당신은 돌이야.)

당신은 짱이야, 당신이 최고.

She stood me up. (그녀는 나를 일으켰다.)

그녀가 나를 바람 맞혔다.

She's expecting(그녀는 기대하고 있습니다.)

그녀는 임신했습니다.

We can grab a coffee? (우리 커피 한 잔 당길까요?)

우리 커피 한잔할까요?

He bowed his head(그는 고개를 숙였다.)

"그는 인사를 했다"도 되지만 "굴복하다" 뜻도 있다.

What is the bottom line? (아래의 선이 무엇인가요?)

"결론은 무엇인가요?"

이처럼 그들의 일상 대화가 우리에겐 시적으로 해석이 된다.

이 책에서 소개하는 기법은 지극히 개인적인 방법이지만 알파벳 고유 특성의 뜻을 시 쓰기 기법으로 전환하여 적용한 결과, 아주 재미있는 표현과 시의 틀과 기본적인 문맥을 쉽게 잡고, 살붙이기로도 써 내려갈 수 있었기에 소개한다.

책에서 알파벳 26자의 고유한 의미를 확인할 수 있을 것이다. 고유한 의미는 이미 많은 책에서 발표되었으며 여러 책들이 나와 있다. 이것을 이용하여 시와 수필 쓰기를 알파벳에 따라 A에서 Z까지 26종류로 써 보았다.

이것은 시를 쓰는데 필요한 기본 문맥 잡는 기법, 시 쓰기의 기교를 소개하는 '감성 사전' 정도로 참고로 하면 될 것 같다. 이 책에서의 용어는 문학적인 단어보다 연결, 혼합, 실체의 가공과 변경 등 공학적이고 수학적인 용어로 나름대로의 개성을 적용했다.

## 1.2 피

Daddy

아버지 박재경은 일제 강점기에 일본에 끌려가서 2차 세계대전 강제 노역을 2년 반이나 하고 일본이 패망하자 목숨만 가지고 돌아왔다. 신혼의 단꿈 속에서 6·25전쟁이 발발하여 6사단 전투병이 되어 로드 넘버원(1번 국도)을 따라 압록강까지 진격을 했고 중공군과 야간 전투를 하다 부상으로 중공군에 잡혔으나 낭떠러지에서 추락하는 식의 탈출로 구사일생을 했다. 그 유명한 흥남철 수작전으로 부산으로 와 군 병원에서 치료받고 다시 전투에 나섰다. 아버지는 부산에서 압록강까지 전투로 걸어서 갔다 와서 다시 올라가다 휴전선에 막혀 전진하지 못한 분이다. 얼굴도 모르는 그의 동생은 당시 대구 최고라던 학부에 다니다 학도병으로 전사하셨다.

과묵했던 아버지는 내가 어릴 때 전쟁 이야기를 아주 가끔 들려주었지만, 그 골의 깊이를 몰랐다. 다만 가슴에 큰 응어리 하나만 남았다. 돌아가신지 40년이 가까워진 지금 생각해 보면 내가 글을 쓰는데 큰 동기부여가 된 것 같다. 가끔 시를 쓰면서도 나 자신이 좀 이상하다고 생각을 할 때가 있다. 전쟁 후유증을 물려받은 괴팍함을 어찌할 수가 없어서 여기 책에다 표출하였는지 모른다.

**철학**

시인이다. 강조 말고
쓰는 것을 그냥 즐겨라
매몰된 곳에서 개성이 나오는 것

Philosophy

Don't say "I am a poet".
Just enjoy writing poetry.
Individuality comes from a non- literature.

# 2

## 제 2장 기본 틀의 소개

## 2.1. 알파벳 고유 뜻을 이용한 글쓰기 예

### 사랑 | Love

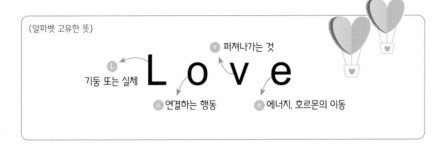

(알파벳 고유한 뜻)

L 기둥 또는 실체
v 퍼져나가는 것
o 연결하는 행동
e 에너지, 호르몬의 이동

글쓰기 1 (try #1) : 고유한 뜻의 연결과 변화
어떤 실체, 연결하는 행동, 퍼져나가는 것, 에너지 또는 호르몬의 이동.

글쓰기 2 (try #2) : 문장 만들기
사랑은 어떤 하나의 실체를 향해 에너지의 이동이 확산되어 나가는 것.

글쓰기 3 (try #3) : 문장 다듬기

알 수 없는 하나의 에너지가
한 방향으로만 돌아서 모여
당신으로부터 나를 찾아가는 것이겠지요

「사랑은 Love is」

## 별 | Star

(알파벳 고유한 뜻)

여러 번의 움직임

지점, 접점

어떤 하나의 존재 (덧붙이다)

들어 올리는 것

글쓰기 1 (try #1) : 고유한 뜻의 연결과 변화
어느 하나의 존재가 접점으로부터 여러 번의 움직임으로 들어 올려지는 것.

글쓰기 2 (try #2) : 문장 만들기
내게 있던 어떤 하나가 나도 모르게 여러 번 흔들리며 들어 올려지며 덧붙여지며
반짝이는 것.

글쓰기 3 (try #3) : 문장 다듬기 (3차원 가공)

반짝이는 하나
흔들어도 흔들려도
눈에 보이는 딱 하나
내 속에 꽉찬 혼란의 양자가
한 줄기 빛으로 향하는 간격의 무서움
그대는 그 어둠에 미끼를 던져 기다리는 달

「미끼  Attractive bait」

글쓰기 4 (try #4) : 문장 합침(Love + Star)

수 많은 반짝거림
하늘 무한대의 공간
가로지른 유다의 강에
짙은 우윳빛 돛대를 띄워 놓고
저, 반짝이는 단 하나 끌림 중력에
의지마저 잃어버린 장애가 된 물질은
별찌들로 둑을 쌓아 상태를 찾고 있습니다.

「별 한 쌍  A pair of stars」

**회오리 | I be flipped**

# I be flipped

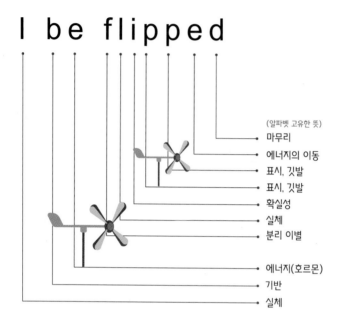

(알파벳 고유한 뜻)

마무리
에너지의 이동
표시, 깃발
표시, 깃발
확실성
실체
분리 이별

에너지(호르몬)
기반
실체

Try #1. 의미 단어들의 연결, 혼합 및 여과

확실한 하나의 존재, 마무리, 에너지의 탈출, 표시와 깃발, 재확인, 분리, 상태, 기반
아무리 깃발을 꽂고 표시를 해도 이미 에너지는 다른 방향으로 흐르고 실체의 분리는
일어나기 마련.

## Try #2. 실체의 가공과 변경

U, 정말이지 끝내 주었소
적어도 지금까지는 웃음의 이유였기도 했소
마침 창고 문이 열리고 에너지가 탈출할 때
깃발을 버리고 그렇게 깃발을 꽂아야만 했소
당신의 풀잎이 솜털처럼 가볍게 미쳐 날뛰며
쌓아온 어제와 오늘을 지우고 말았소
잃어버린 오늘이 늘 오늘 뿐이란 것도 알았소
남은 미분의 미는 배설보다 추한 것도 알았소
아니 구분하는 기술을 확실히 배웠소
오 플립. 획 뒤집힘이여. 돌로 변한 돌변이여
아쉽게도 아침없는 아침을 기다리고 있었소.

「회오리 Be flipped」

## 삶 | Life is

**L** Leave(떠나다)

**I** It is(존재입니다)

**F** For(위하여)

**E** Everything(모든 것들을)

Try #1. 의미단어들의 연결과 혼합

인생은, 떠나기, 위하여, 모든 것들은, 존재입니다.

Try #2. 실체의 가공과 변경

인생은
결국 모든 것을
떠나보내기 위해서
존재하는 과정일 뿐입니다
「인생은 Life is」

## 2.2. A to Z 글쓰기 순서도(Writing Process Diagram)

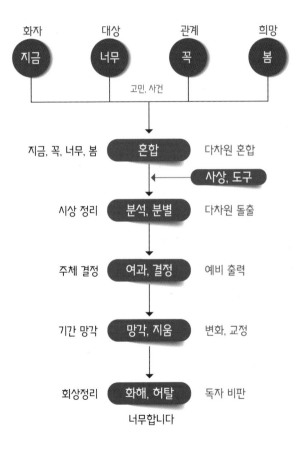

## 2.3. 알파벳 고유한 뜻

**Aa**

① 원래 의미 : 어떤 하나의 존재, 황소, 원동력, 더하다(라틴어)
② 파생적 의미 : 독립, 자족, 일념, 창조성, 하나의 확실한 상태,
　　　　　　　힘, 인간 존재, 가능성, 시작
③ 히브리어 의미 : 가르치다, 소, 왕자
④ 어근 의미 : 더함, 덧붙이다

**Bb**

① 원래 의미 : 기반, 집, 기초, 처음 시작
② 파생적 의미 : 건물, 집, 가족, 혈통, 안쪽, 은밀함, 은신처, 부부
③ 히브리어 의미 : 내부의, 할 때, 함께, 사이, 때문에, 에 따라서
④ 어근 의미 : 부품, 시작하다

**Cc**

① 원래 의미 : 감싸는 것, 울타리, 붙잡다
② 파생적 의미 : 자연의 조화, 생존, 욕구, 변화, 단절
③ 히브리어 의미 : 성숙, 무르익음, 관계를 끊음
④ 어근 의미 : 구속, 붙잡다

**Dd**

① 원래 의미 : 마무리 하는 것, 창고, 떨어지다
② 파생적 의미 : 마무리로 향하는 것, 승인, 거부, 권위, 순환, 보관, 겸손
③ 히브리어 의미 : 감소, 쇠퇴
④ 어근 의미 : 아래쪽, 떨어지다

**Ee**

① 원래 의미 : 에너지의 이동, 활성화, 호르몬의 흐름
② 파생적 의미 : 계몽, 통찰, 직관, 영감, 계시, 명상, 묵상, 호흡,
　　　　　　　숨쉬기, 바람
③ 히브리어 의미 : 이것, 그러나, 문제를 가르키는 전치사
④ 어근 의미 : 통로, 들어가다

**Ff**

① 원래 의미 : 분리, 나눔, 싸움
② 파생적 의미 : 능력, 바다, 관계, 호흡, 숨쉬기, 바람
③ 히브리어 의미 : 가시적인 것, 소리, 시선, 손가락
④ 어근 의미 : 가벼움, 싸우다

**Gg**

① 원래 의미 : 선별통과, 선택, 얻다
② 파생적 의미 : 칼, 지팡이, 무기, 권위, 변화운동, 호흡, 숨쉬기, 바람
③ 히브리어 의미 : 대립의 논리, 떠나기, 건너기
④ 어근 의미 : 깊은 곳, 얻다, 취하다

**Hh**

① 원래 의미 : 탈출, 빠져나오는 것
② 파생적 의미 : 장벽, 의식, 마법, 반가움, 본거지
③ 히브리어 의미 : 잘못, 벽, 구역
④ 어근 의미 : 크게, 높이다, 달라붙다

**Ii**

① 원래 의미 : 확실성, 독립적, 넣다
② 파생적 의미 : 장벽, 의식, 마법, 반가움, 본거지, 뱀, 달, 치유
③ 히브리어 의미 : 잘못, 벽, 구역
④ 어근 의미 : 혼자, 넘어서, 안에 넣다

**Jj**

① 원래 의미 : 흔들리는 것, 혼돈, 뛰어 오르다
② 파생적 의미 : 신, 운명, 여행, 연결
③ 히브리어 의미 : 증명, 명령, 밝히기, 보여주기
④ 어근 의미 : 돌출, 뛰어 오르다, 튀어나오다

**Kk**

① 원래 의미 : 향하는 것, 방향, 왕
② 파생적 의미 : 치유, 에너지, 기, 열쇠, 주방, 부딪힘, 죽이다
③ 히브리어 의미 : 주기, 교환, 열기, 시간, 덮기
④ 어근 의미 : 확장, 죽이다

**Ll**

① 원래 의미 : 실체, 기둥, 살다
② 파생적 의미 : 진보, 희생, 이끌다, 선, 치유, 에너지, 기,
　　　　　　　　 열쇠, 주방, 부딪힘
③ 히브리어 의미 : 연구하기, 배우기, 가르치기
④ 어근 의미 : 연장, 살다, 길다

**Mm**

① 원래 의미 : 제조, 무엇을 만드는 것, 생성, 이동
② 파생적 의미 : 시기, 완성, 운명, 마음, 만나는 것, 어머니
③ 히브리어 의미 : 욕망, 물
④ 어근 의미 : 이동, 움직이다


**Nn**

① 원래 의미 : 선 긋기, 개별적 연결, 알아채다
② 파생적 의미 : 탈출, 구원, 방향 전환, 통로, 인지
③ 히브리어 의미 : 숨겨져 있는것, 뱀, 물고기
④ 어근 의미 : 근접, 가깝다, 필요하다


**Oo**

① 원래 의미 : 연결하다, 감싸는 것, 유래하다
② 파생적 의미 : 탈출, 구원, 방향 전환, 통로
③ 히브리어 의미 : 샘, 사라짐, 순환, 어두움, 불투명, 반지
④ 어근 의미: 근원, 둥글다, 유래하다


**Pp**

① 원래 의미 : 표시, 깃발, 뽑다
② 파생적 의미 : 뽑아내다, 가르키는 것, 역설
③ 히브리어 의미 : 추출하기, 배설하기, 열림, 발산
④ 어근 의미 : 미리, 약함, 뽑다

**Qq**
① 원래 의미 : 시작에서 끝까지, 조용하기
② 파생적 의미 : 완전하게, 재빠르게, 여왕
③ 히브리어 의미 : 자르기, 절단하기, 중단하기, 파기
④ 어근 의미 : 압력, 조용히 하다

**Rr**
① 원래 의미 : 들어올리기, 반복하기
② 파생적 의미 : 구르게 하는 것, 다시 자리잡기, 공기
③ 히브리어 의미 : 선두, 시작
④ 어근 의미 : 힘, 반복하다

**Ss**
① 원래 의미 : 여러 번 움직임, 출발
② 파생적 의미 : 앉는 것, 자하, 서있는 것, 고집
③ 히브리어 의미 : 관심끌기, 기, 발산, 내보내기
④ 어근 의미 : 출발, 부드러움, 시작하다

**Tt**
① 원래 의미 : 경계점, 시점, 지점, 취하다
② 파생적 의미 : 이야기, 역사, 그것, 데려가다, 경계
③ 히브리어 의미 : 보호, 장소, 구조, 저항, 덮개
④ 어근 의미 : 일어섬, 서다, 취하다, 데려가다

**Uu**

① 원래 의미 : 그릇, 담는 것, 이용하는 것
② 파생적 의미 : 최대치, 담기
③ 히브리어 의미 : VAV에서 파생
④ 어근 의미 : 물결, 흐름, 사용하다

**Vv**

① 원래 의미 : 퍼져 나가는 것, 증명하다
② 파생적 의미 : 가치, 목소리, 폭력, 확인
③ 히브리어 의미 : VAV에서 파생
④ 어근 의미 : 진리, 증명, 확인하다, 증명하다

**Ww**

① 원래 의미 : 구분, 나누어 담음, 원하는 것
② 파생적 의미 : 날씨, 여자, 무엇이던지
③ 히브리어 의미 : VAV에서 파생
④ 어근 의미 : 질문, 원하다

**Xx**

① 원래 의미 : 자르는 것, 가위, 미지
② 파생적 의미 : 소, 도끼, 혐오, 기대, 복잡, 지움
③ 히브리어 의미 : 받침대, 기대기
④ 어근 의미 : 과거, 지우다, 없애다

**Yy**

① 원래 의미 : 가르킴, 손짓, 양보
② 파생적 의미 : 대상, 하품, 과거, 수익
③ 히브리어 의미 : 못, 문 버팀대
④ 어근 의미 : 수익, 양보하다

**Zz**

① 원래 의미 : 자유, 마음대로 움직이는 것, 집중
② 파생적 의미 : 열정, 동물원, 좁히는 것, 모으는 것
③ 히브리어 의미 : 교차하는 칼
④ 어근 의미 : 집중, 모으다, 조르다

[참고도서]
1. 「알파벳의 26자의 비밀」 진짜영어사
2. 「알파벳의 신비」 살림출판사

## 2.4. 한글 첫 글자 분석

**가**
① 현실적 의미 : 범위, 기본, 강조, 우선(가나다)
② 추상적 의미 : 연약함, 가련함
③ 알파벳의 의미 : a

**나**
① 현실적 의미 : 분배, 천함(욕)=년 놈, 나누다, 년 놈, 나른함, 나 홀로
② 추상적 의미 : 피로, 나약함
③ 알파벳의 의미 : f

**다**
① 현실적 의미 : 울타리, 행동, 취급, 독립=둘러싸다, 다시 보다,
　　　　　　　　독립적, 행위, 표시
② 추상적 의미 : 마음 속 울타리
③ 알파벳의 의미 : p

**라**
① 현실적 의미 : 꾸밈, 목적, 보조, 시작과 끝, 멋대로 움직임
② 추상적 의미 : 인정(받아드림), 아름다움
③ 알파벳의 의미 : g, z

**마**
① 현실적 의미 : 제작, 현실, 자리, 원리, 튼튼함, 움직임
② 추상적 의미 : 현실적, 실용주의
③ 알파벳의 의미 :m

**바**
① 현실적 의미 : 바램, 가정, 기반, 마음
② 추상적 의미 : 기대, 바램, 마음
③ 알파벳의 의미 : b, ℓ

**사**
① 현실적 의미 : 구입, 연결하는 것
② 추상적 의미 : 신비주의, 싸다, 사이비, 성스러움, 사랑
③ 알파벳의 의미 : n

**아**
① 현실적 의미 : 존재, 협조, 우주, 감싸는 것, 연결, 부모
② 추상적 의미 : 아우르다, 아련하다
③ 알파벳의 의미 : c, o

**자**
① 현실적 의미 : 가르킴, 독립적, 지구, 지적, 자주, 자손
② 추상적 의미 : 자주, 자랑, 자존
③ 알파벳의 의미 : i

**차**
① 현실적 의미 : 준비, 순서=차림, 예절 담는 것, 만나는 지점
② 추상적 의미 : 확신, 다짐, 계획
③ 알파벳의 의미 : u, t

**카**
① 현실적 의미 : 기분 예리함=칼날, 잘라내는 것
② 추상적 의미 : 기분
③ 알파벳의 의미 : x, t

**타**
① 현실적 의미 : 에너지, 순간=타격, 타파, 태양
② 추상적 의미 : 순간
③ 알파벳의 의미 : e

**파**
① 현실적 의미 : 파괴, 순환=파괴, 파손, 파혼, 나누어 담는 것
② 추상적 의미 : 피신(정신적)
③ 알파벳의 의미 : w

**하**
① 현실적 의미 : 행동(움직임)=활동, 활약, 활성화, 들어 올림
② 추상적 의미 : 행위, 활약상
③ 알파벳의 의미 : r, s

**까**
① 현실적 의미 : 범위, 지점, 종료 (끝) 부정적=까지, 마무리
② 추상적 의미 : 부정 행위, 까탈스러움, 용기
③ 알파벳의 의미 : d

**따**
① 현실적 의미 : 이유, 다시 추가=따로, 또, 빠져 나옴
② 추상적 의미 : 원인, 이유, 따로
③ 알파벳의 의미 : h

**짜**
① 현실적 의미 : 공격, 전투=찌르다, 찔래, 향하는 것
② 추상적 의미 : 다짐, 결정, 불안 , 짜투리
③ 알파벳의 의미 : k

**싸**
① 현실적 의미 : 냉기, 냉정=싸늘함, 양팔 벌려 가르키는 것, 싸구려
② 추상적 의미 : 냉소, 연약함
③ 알파벳의 의미 : y

**모음**
(ㅏ ㅑ ㅓ ㅕ ㅗ ㅛ ㅜ ㅠ ㅡ ㅣ)
① 현실적 의미 : 감정
② 추상적 의미 : 감정

[참고]
한글이 가지고 있는 고유한 느낌에 대한 개인적 연구결과를 정리한 것임

**사랑의 과학**

미국 헬렌 피셔 교수는 사랑은
갈망-끌림-애착 3단계를 거치며,
단계마다 뇌에서 분비되는 화학 물질이 갈망 단계-도파민,
끌림 단계-페닐에칠아민(초콜릿성분),
애착 단계-옥시토신이라 하였습니다.
초콜릿을 선물하는 이유가 충분하네요.

# 3

# 제 3장 A to Z 시, 수필쓰기

## Exercise. #A

### 그냥 아는 사람 (지인) | An Acquaintance

# Acquaintance

(알파벳의 기본 뜻)

- 활성화,에너지
- 감싸는 것
- 자르기, 선긋기
- 하나의 존재
- 지점,시점, 점전
- 자르기, 선긋기
- 확실
- 존재, 의미
- 포용,그릇,담는 것
- 시작과 끝,출발과 종점
- 울타리/ 감싸는다
- 확실한 존재(덧붙이다)

Try #1. 의미 단어들의 연결, 혼합 및 여과

확실한 하나의 존재를 감싸는 것은 처음부터 끝까지 모든 것을 담는 것은 그 존재의
의미를 확실히 선을 그으며 그때부터 포용하는 에너지 이동.

「지인」(1)

Try #2. 실체의 가공과 변경

그를 만난 것은 우연히도 흑맥주 바의 테이블에서 맞은편 테이블에 내가 있었다. 이상하게도 눈길이 자꾸만 갔다. 그러다 안주로 장난하듯이 내게 오징어포가 던지어졌다. 의미를 알지 못했다. 실수인지 장난인지를 술김에 단 옥수수 알을 집어서 툭툭 입술과 흑맥주 사이로 교묘히 던졌다.

눈치는 구단이었다, 되돌아왔다. 화장실 가는 듯 의자를 스치며 한몫 텔레파시를 쏘았다.

마치 방탄소년단 노래처럼 마침내 그는 이동의 에너지가 작동했다. 멀티 오백씨씨가 추가 되고 이름과 전번을 건졌다. 그 후 그 자리에서 두어 번 만났다, 서로 과거와 현재는 없었다. 물으면 누추할 것 같았다. 그런데 어느 날 카페에서 시를 낭송하고 있는데 느닷없이 나타났다.

반가워 반가워서 그냥 손을 잡고 말았다. 마침내 확실히 아는 사람이 되었다.

지금부터 무엇을 물어볼까?

「그냥 아는 사람」 (2)

| | |
|---|---|
| (확실한 하나의 존재) | : 어느 날 만난 그 |
| (감싸는 것은 처음부터 끝) | : 행동 하나, 모든 것 |
| (모든 것을 담는 것) | : 포용, 사랑 일방적 방향 |
| (존재의 의미) | : 삶은 의미 |
| (그때부터 포용) | : 사랑, 희망 |
| (에너지 이동) | : 바램과 욕구 |

Try #3. 실체의 다양화 추구

그를 만난 것은 우연히도 흑맥주 바에서

테이블에서 맞은편 테이블에 내가 있었다.

이상하게도 눈길이 자꾸만 갔다.

그러다 안주로 장난하듯이 내게 오징어포가 던지어졌다.

의미를 알지 못했다.

실수인지 장난인지를

술김에 옥수수 알을 집어서 툭툭 입술에 흑맥주를 물고 교묘히 던졌다.

눈치는 구단이었다, 되돌아왔다.

화장실 가는 듯 의자를 스치며 한몫 텔레파시를 쏘았다.

마치 방탄 소년단 노래처럼 이동의 에너지가 작동했다.

튜원 오백이 추가 되고 이름과 전번을 건졌다.

그 후 그 흑맥주 바에서 두어 번 만났다,

서로 과거와 현재는 없었다, 물으면 누추할 것 같았다.

어느 날 카페에서 시를 낭송하고 있는데 느닷없이 나타났다.

반가워, 반가워서 그냥 손을 잡고 말았다.

마침내는 확실히 아는 사람이 되었다.

무엇을 물어볼까?

**「그냥 아는 사람」(3)**

## Try #4. 실체의 결정

그를 만난 것은 '인연' 맥주 바에서였다. 자리 건너편 테이블에 내가 우연히도 있었다. 이상하게도 눈길이 자꾸만 갔다. 그러다 안주로 장난하듯이 내게 오징어포가 던지어졌다.
의미를 알지 못했다. 실수인지 장난인지를
술김에 옥수수 알을 집어서 툭툭 입술에 흑맥주를 물고 교묘히 던졌다.

눈치는 구단이었다, 되돌아왔다. 화장실 가는 듯 의자를 스치며 한몫 텔레파시를 날렸다. 마치 방탄 소년단 노래처럼 이동의 에너지가 작동했다. 튜윈 오백이 추가되고 예명 같은 이름과 전번을 건졌다. 그 후 그 맥주 바에서 두어 번 가장된 우연으로 만났다.

서로 과거와 현재는 없었다, 질문은 누추할 뿐이었다. 어느 날 카페에서 시를 낭송하고 있는데 느닷없이 나타났다. 반가워, 속내 반가워서 그냥 손을 잡고 말았다. 마침내 확실히 아는 사람이 되었다. 무엇을 물어볼까
그 맥주 바 이름이 연인이었던가요, 인연이었던가요?

「그냥 신기한 사람 Just like that」 (4)

## Exercise. #A+

**그 가을 속에 사과하나 | An apple in the autumn**

# An apple in the autumn

(알파벳 고유 의미)
└ 선긋기
└ 만드는 것
└ 그릇, 담기
└ 접점, 지점
└ 그릇, 담기
└ 하나의 실체

● 에너지의 이동
● 빠져나오는 것
● 시점, 지점

● 선긋기
● 경계

● 에너지의 이동
● 실체
● 표시, 깃발
● 표시, 깃발
● 하나의 실체(덧붙이다)

● 선긋기
● 하나의 실체(덧붙이다)

Try #1. 의미 단어들의 연결, 혼합 및 여과

하나의 실체가 담겨 어느 경계로부터 확실히 구분되는 것.
에너지 하나의 실체로 확실하게 자리 잡는 것.

Try #2. 실체의 가공과 변경

하나의 실체가 내 몸에 닿았습니다.
또 하나의 존재가 어느 시점으로부터
경계를 만들고 또 허물고 있습니다.

Try #3. 실체의 결정

늦가을 붉은 사과 하나
아삭 소리로 물었습니다
가을이 내 속으로 들어왔습니다
순간 그 많았던 가을을 거슬러
임고서원 옆 능금 밭을 걷고 있습니다
지금도 붉지만
그 가을 속에서
그 사과는 정말 붉고 예뻤지요.

「그 가을 속에 그 사과  The apple in the fall」

## Exercise. #A++

마주한 것들은 멀어졌다
물은 잡는다고 잡히는 것이 아니다
그들 물집에 갈피들이 부풀어 올라
그냥 희미할 뿐이다
그들은 곁이 아니라 전면이었을까
독수리 눈의 매서운 직관이었을까
불빛이 멀어지면 새김은 더 뚜렷하다
내 속에서 내 안으로
불은 다시금 또 다른 불빛으로
그 곁을 밝히고 있겠지
곁에다 젖혀두고 또 저쪽으로
Aside and a side
바람에 취해 떠나간다, 12월 31일처럼

「곁에 두고 또 다른 것을  Aside and a side」

## Exercise. #A+++

철옹성 너머 넘어 세상 하나 지어졌다
작은 세상 큰 허공 성(虛空 城)
담을 수도 채울 수도 없는 그 하나
몸부림에 사는 속내는 찬란히도 어두운 빛의 성
알 듯 모를 듯 내일은 언제나 같은 얼굴이다
바람처럼 뭉쳐지다 구름으로 불어오는 가슴 파도
끝낼 생각으로 감옥도 아닌 이 푹신한 곳에 구속

정답이 없는 곳 철창 너머 검은 선들
하얀 것이 검게도 타들어 갈 때까지 전류를 흘려보내지만
어수선한 코드를 잡아 줄 그 누구도 없다
무거운 것이 가볍고 가벼운 것이 무거운
진짜 무게도 없는 것이 이렇게 무겁기만 하다
순식간에 지진 감지기가 흔들거릴 지진 세상
짙은 나이 한 자락 싹둑 잘라버리고 싶은 오후 한나절

「구름 한나절  A cloudy afternoon」

## Exercise. #B

### 깨다, 부러지다, 고장나다, 휴식 | Breaking

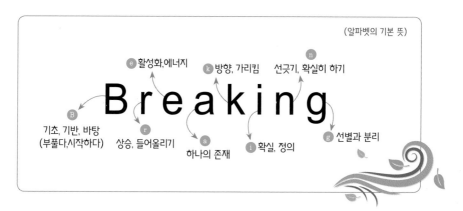

Try #1. 의미 단어들의 연결, 혼합 및 여과

어떤 바탕으로부터 들어 올려지는 하나의 에너지가 확실한 선으로부터 분리 됨.

「깨어짐」(1)

Try #2. 실체의 가공과 변경

(어떤 바탕)으로부터 (들어 올려지는 하나의 에너지)가

(확실한 선으로부터 분리) 됨

어떤 바탕 : 관계 여기서는 '사과'

들어 올려지는 하나의 에너지 : 식어가는 자신

확실한 선으로부터 분리 이별, 결별의 의미

## Try #3. 실체의 결정

꼬마능금 하나 이상한 바람 맞았습니다
태양보다 붉은 모퉁이가 썩어가고 있습니다
우연히도 농부는 그 능금을 보았습니다
버릴까 아님 도려낼까 밤새 고민했습니다
길에다 버릴까 아니면 쓰레기로 버릴까
마침내 길에다 버리기로 했습니다.
가슴 응어리가 더는 허락하지 않았습니다
그날도 농부의 심장이 찢어지고 있습니다

「끝 Break up」(2)

## Exercise. #B+ (시조)

그리움 감고 감아
우후 밭에 뿌려두고

얼마나 참고 빌어
하늘이 알았을까

마침내 깨달음 하나
비워버린 속마음

「죽 Bamboo」

|알파벳의 기본 뜻|
B: 기반          a: 하나의 존재          m: 선이 많음
b: 기반          o+o: 연결과 연결

## Exercise. #B++

손을 위에서 잡으려면
먼저 고개를 숙여아 한나

「굴복하다  Bow one's head」

## Exercise. #B+++ (콩트)

"찔레" 이름 정말 잘 지었다. 세상 그렇게 변해도 찔레는 찔레다. 하찮은 찔레꽃이 보고 싶다. 아니 찔레라 불렀던 친구 여동생 순례가 갑자기 보고 싶다.

바늘 같은 목소리로 아프게도 찔렸던 그 찔레는 아마도 지금쯤 나이 가득 품고 꿋꿋이 살고 있겠지. 굳이 알 수 있지만 애써 묻지 않는다. 나를 너무 많이 따라다녔기 때문인지도 모른다.

사실이지 몇 살 더 먹은 이유로 많이 키웠다. 어려운 얘길 웃으며 하면서 지금은 웃음뿐이겠지만 과거의 Y축에 현재의 X축에 현실의 Z축에 시간의 축을 더한 시공간에 분명 같은 시공간에 살고 있긴 한데 볼 수는 없다. 모르는 것이 약이다.

편리한 도구는 투명 인간으로 존재하는 것일까.

모든 것을 서서히 내려놓을 나이에 마음 반비례는 또 무엇일까.

시멘트 바닥을 뚫고 핀 찔레를 본다. 파도의 수많은 공격과 찌든 삶에 지쳐 큰 침으로 모자라 잎에다 수많은 작은 침으로 파도의 공격을 헤치고 있다. 어쩜 내려놓는 척 아니 남을 배려하는 척만 하는 척 인생은 아닐까.

그래 그 찔레다. 거울을 많이 볼 때마다 자신의 모습을 다들 아는 체하지만 모르는 것들이 많다.

작용과 반작용의 C학점 젊음의 찔레는 어디에 있을까.

기억이 저무는데 한 차량이 찔레를 밟고 갔다.

「찔레 The brier rose」

## Exercise. #C

**부정행위, 바람피우다, 속이다 | Cheating**

(알파벳의 고유한 뜻)

c 감싸다 (붙잡다)

h 돌출, 빠져나오는 것

e 호르몬 에너지, 흐름

a 하나의 존재

t 시점, 경계, 지점

i 확실, 정의

g 선별과 분리

n 선긋기, 확실히 하기

Try #1. 의미 단어들의 연결, 혼합 및 여과

감싸진 곳에서부터 어느 시점으로부터 빠져나온 하나의 에너지, 하나의 존재가 감싸진 곳으로부터 어느 시점으로부터 빠져나오는 것.

Try #2. 실체의 가공과 변경

생략

의미의 대입 및 분석

감싸인 곳 : 한정적 구로 가정, 남편, 아내, 집단
어느 시점 : 어떤 계기, 충동, 갈등의 시작
빠져나간 : 이탈, 탈출, 또 다른 길, 방향 전환
하나의 에너지 : 자신, 또는 타인에 의한 수동적 행위, 특정 사물

## Try #3. 실체의 다양화 추구

호랑나비 한 마리 시골에서 살았더랬지요. 세상의 넓이를 몰랐습니다. 그냥 꽃만 바라보았습니다. 시대가 변했으나 할 수 있는 것도 많지 않았습니다.

이웃이 전부였습니다. 어느 날 이웃을 따라 관광버스를 탔지요. 땅에도 별들이 많다는 것을 알았습니다. 자신이 고리타분해졌습니다. 꼬임도 있었습니다. 은근슬쩍 권유처럼 보이는 국화는 기술로 접근했습니다. 나비는 겨를이 없습니다. 알코올 홀릭이라는 에너지가 전체를 가리고 말았습니다. 속임이 있어도 없었습니다. 나비는 잠깐 떠들썩한 건강식품이라는 약을 촉수로 빨고 말았습니다. 호랑나비는 독특한 빛과 선을 잃었습니다. 세상이 모두 검다는 것을 알았습니다.

「호랑나비의 부정행위 A tiger butterfly」

Try #4. 실체의 간결화 및 결정

호랑나비 한 마리 살았더랬지요
세상이 깊이를 몰랐습니다
그냥 꽃만 바라보았습니다
시대의 변화에 늦었습니다
이웃이 전부였습니다
어느 날 이웃 따라 관광버스를 탔지요
땅에도 별꽃들이 많다는 것을 알았습니다
고리타분해졌습니다
꼬임도 있었습니다
은근슬쩍 권유 같은 국화는 기술로 접근했습니다
겨를이 없었습니다
알코올이라는 에너지가 천체우주를 가리고 말았습니다
속임도 유혹도 갈피는 있어도 없었습니다
순간 떠들썩한 건강식품에 촉수로 빨고 말았습니다
호랑나비는 독특한 빛과 선을 잃었습니다
세상이 모두 검다는 것을 알았습니다

「호랑나비의 부정행위  Cheating of a tiger butterfly」

## Exercise. #C+

하늘에서 까망 두 점 떨어뜨렸습니다
점들은 다시 두 점을 불렀습니다
점 넷이 되었습니다
그 두 점은 다시 두 점 윤과 빈을 만들었습니다
나머지 두 점도 서와 현을 만들고 있습니다
그렇게 되면 점은 여덟 개가 됩니다
점에서 점으로 선으로 연결하면
면적은 여섯 개입니다
마침내 공간이 만들어질 것입니다
그날을 기다리고 있습니다
달콤한 각설탕을 만들고 있습니다
그날이 되면 디즈니랜드에 갈 것입니다
언제 어디에서나 우주선을 탈 수 있습니다
마음이 바쁩니다
예약해야겠습니다

「각설탕　A cube sugar」

## Exercise. #C++

**젓가락** | Chopsticks

# Chopsticks

(알파벳의 고유한 뜻)

- 여러 번 움직임
- 가리키는 것
- 감싸는 것
- 확신, 확실
- 접전, 지점
- 여러 번 움직임
- 표시, 깃발
- 연결
- 빠져 나오는 것
- 감싸는 것

Try #1. 의미 단어들의 연결, 혼합 및 여과

차아암

이젠 지겹지도 않나

「젓가락  Chopsticks」

## Exercise. #C+++

비가 오면
밟혀 문드러진 주란 꽃이 생각난다
아니
찢어진 하얀 가날픈 비(悲)가 생각난다
비 오는 날의 커피 열병
혼란으로 내 속에 혁명
가슴에다 묻은 금색 우산
젖어서 접힌 카페 공포
일기예보를 본 우산은 너머 이사했다
핸드폰을 열어 지운 애조차 싹뚝했다
다시
네 것이며 내 것인 것들이
유리창을 사정없이 때린다
손은 있어도 손이 없다
쏟아지는 중단은 없다
용하지도 않은 점쟁이가
해골 타로보다 더 무서워
포근히도 습한 소파에서 기울어진 잠이 깼다

「카페에서  At a cafe」

## Exercise. #D

**파괴하다, 무너뜨리다, 손상하다 | Destroy**

(알파벳의 고유한 뜻)

e 에너지의 흐름   t 지점, 시점, 교차점, 획

D e s t r o y

y 지적, 가르키는 것

D 마무리, 문을 닫다 (떨어지다)

s 변화, 계속적 움직임   r 들어 올리다   o 어떤 연결

**결별하다, 이혼하다, 분리시키다 | Devorce**

(알파벳의 고유한 뜻)

e 에너지의 흐름   o 어떤 연결   e 에너지의 흐름

D e v o r c e

D 마무리, 문을 닫다 (떨어지다)   v 확대, 퍼져나감   r 들어 올리다   c 둘레, 감싸는 것

Try #1. 의미 단어들의 연결, 혼합 및 여과

지적한 그 건물은 에너지의 변화에 의해서 들어 올려지며 어떤 연결이 끊어지고
계속된 흔들림으로 마침내 파괴되었다.

## Try #2. 실체의 가공과 변경

가르치는 것은 어떤 연결이 들어 올려져 지점 변화되고 에너지의 흐름으로 계속된
움직임으로 마침내 문을 닫았다.

```
가르치는 것    :  어떤 건물이나, 사물, 동물
어떤 연결      :  집합체, 부부, 가족
에너지 흐름    :  변화의 시작
계속적 움직임  :  공포, 불안, 큰 변화
문            :  끝, 파괴, 종말, 죽음
```

## Try #3. 실체의 다양화 추구

우렁이 한 쌍 논바닥에서 살았습니다
여름내 볏대에 붙은 먹이를 나누어 먹었습니다
아이들도 생겼습니다
구월이 되자
농부가 물을 서서히 줄였습니다
불안한 날들이 다가오고 있었습니다
아이들이 걱정되었습니다
어미는 결심했습니다
남편이 아이들을 돌보고
자신은 물과 양식을 가져오겠다고
가장자리를 찾고 찾아 물고를 찾았습니다
거기엔 돌만 가득 있고 흙은 없었습니다

몸을 숨길 곳이 마땅찮았습니다
자갈을 헤집다가 깜짝 놀라고 말았습니다
돌인 줄 알았는데 잘생긴 왕우렁이 한 마리가 있었습니다
남편과 비교되었으나 정신을 차렸습니다
좀 숨겨주세요
왕우렁이는 쾌히 받아들였습니다
서로 붙어서 며칠을 보내다 보니 같은 길을 걸었습니다
아이들과 남편은 잊고 있었습니다
잠깐 이건 아니다 할 때
농부가 물길을 막으며 우렁이들을 발견하고
이웃 논에 다 함께 던져지고 말았습니다
방향을 잃어버렸습니다.
어쩔 수 없이 서로 끈끈이가 교류되었습니다
생은 정말 짧았습니다
가을이 가고 이 논바닥엔 껍질이 부서진
우렁이 주검들이 있었습니다
아빠 우렁이는 잘린 볏짚 뿌리에다 집을 지었습니다
아이들은 집에서 엄마를 부르며 울고 있었습니다
마침내 아빠는 엄마 우렁이의 주검을 발견했습니다만
아이들에게 말할 순 없었습니다.
마침내 가을비가 억수같이 옵니다
눈물이 함께 떠다니고 있습니다.

**「엄마 우렁이의 죽음 The mother snail's death」**

Try #4. 실체의 간결화 및 결정

우렁이 한 쌍 논바닥에 살았습니다. 여름내 볏대에 붙은 먹이를 나누어 먹었습니다. 아이들도 생겼습니다. 구월이 되자. 농부가 물을 서서히 줄였습니다. 불안한 날들이 다가오고 있었습니다. 아이들이 걱정되었습니다. 어미는 결심했습니다. 남편이 아이들을 돌보고, 자신은 물과 양식을 가져오겠다며 가장자리 끝에 물고를 찾았습니다. 거기엔 돌만 가득 있고 흙은 없었습니다. 몸을 숨길 곳이 마땅찮았습니다.

 자갈을 헤집다가 깜짝 놀라고 말았습니다. 돌인 줄 알았는데 잘생긴 왕우렁이 한 마리가 있었습니다. 남편과 비교되었으나 정신을 차렸습니다. 좀 숨겨주세요. 왕우렁이는 쾌히 받아들였습니다. 서로 붙어서 며칠을 보내다 보니 같은 길을 걸었습니다. 하지만 아이들과 남편은 잊지 않았습니다. 이때 농부가 물길을 막으며 우렁이들을 발견하고, 이웃 논에 다 함께 던져지고 말았습니다. 방향을 잃어버렸습니다. 어쩔 수 없이 살기 위해 서로 끈끈이가 교류되었습니다. 고통은 길고 시간은 정말 짧았습니다.

가을이 가고 이 논바닥엔 껍질이 부서진 우렁이 주검들이 있었습니다. 아빠 우렁이는 잘린 볏짚 뿌리에다 집을 지었습니다. 아이들은 집에서 엄마를 부르며 울고 있었습니다. 마침내 아빠는 엄마 우렁이의 주검을 발견했습니다만, 아이들에게 말할 순 없었습니다. 그 위로 가을비가 억수같이 옵니다. 빗물은 엄마 우렁이 껍데기가 둥둥 떠내려와 집까지 왔습니다. 아이들이 엄마를 알아봤습니다만 그들의 눈물마저도 홍수로 떠다니고 있습니다.

「엄마 우렁이의 죽음  The mother snail's death」

## Exercise. #D+ (시조)

아름 꿈 접어놓고 한나절 놀고먹고
직곡에 빠져들어 유연을 잊었구나
지금이
되어서 보니
그냥 길 걷고 있네
이따금 몰려오는 비바람 지나가면
답답한 옹알이에 뒤척이고 했건만
무심코
적시어지는
외톨이의 가슴에
아뿔싸 늦은 것이 빠르다 하였으니
이것이 기회인가 이상한 논리인가
솜에다
마음포개어
그림 하나 그리네

「꿈 Dream」

## Exercise. #E (감성사전)

### 사랑, 사랑 그리고 사랑 | Eros, Agape and Philia

#### Eros(에로스 사랑)

#### Agape(아카페 사랑)

#### (Agalmato) Philia(필리아 사랑)

#### Agalmato(아그래마토 필리아)

Try #1. 의미 단어들의 연결, 혼합 및 여과

에로스 사랑(Eros)
남, 여의 에너지 또는 호르몬의 흐름을 연결고리로 계속 들어 올리는 것.

아가페 사랑(Agape)
자비적 에너지의 흐름에 선별하는 깃발을 꽂고, 선별적 존재하게 하는 배타적 관심.

필리아 사랑(Philia)
하나의 존재로부터 표시하고 분리해서 빠져나오는 단정적인 상태 즉 우정과 형제애.

아갈마토(Agalmato)
하나의 실체가 하나의 존재로부터 실체적 겹침 혼란 상태를 들어 올리는 것.

아갈마토필리아 사랑(Agalmatophilia)
하나의 실체가 하나의 존재로부터 실체적 겹침 혼란 상태를 들어 올리며 분리해서
빠져나오려는 상태. 즉, 잘 되길 바라는 우정, 또는 병적인 집착상태의 사랑 이성
또는 사물에 대한 집착적 사랑.

Try #2. 실체의 가공과 변경

Eros : 육체적 사랑
Agape : 자비적 사랑
Philia : 우정적 사랑
Agalmatophilia : 집착적 사랑
이 모두는 형태가 없으나 실체가 있어
결국엔 깊은 우물에 빠진 상태 속에서
그 자아를 되찾으려는 의지를 초월한
초자연상태 아닐까요.

「사랑의 감성 사전  Emotional dictionary of love」

## Exercise. #E+

**검거된 탈출 | Arrested Escape**

# Arrested Escape

(알파벳의 고유한 뜻)
- 에너지, 호르몬, 흐름
- 표시, 깃발
- 하나의 존재
- 둘레, 감싸는 것
- 반복적인 움직임
- 에너지, 호르몬, 흐름
  (통로,들어가다)

- 마무리, 문을 닫다
- 에너지, 호르몬, 흐름
- 시점, 지점, 위치
- 반복적인 움직임
- 에너지, 호르몬, 흐름
- 들어올리는 것
- 들어올리는 것
- 하나의 존재(덧붙이다)

Try #1. 의미 단어들의 연결, 혼합 및 여과

하나의 존재는 깃발로 포위된 영역을 벗어나려 끝없는 에너지를 방출하고 하나의
실체는 경계를 벗어나려 끝없는 노력을 하지만 문은 닫히고 만다.

Try #2. 실체의 가공과 변경

구속된 탈출 시도는 계절에 더욱 민감하고 마침내는 자신도 모르게 가면을 쓰고
일상의 탈출을 시도한다. 어느 날 탄 관광버스의 요란함에 취해버린 자신을 던져
보지만, 탈출이 아니라 또 다른 구속으로 다가온다.

Try #3. 실체의 다양화 추구

생략

Try #4. 실체의 간결화 및 결정

시월 바람이 분다
버스에 돌돌 매달려 살아온 화장지는 답답한 한숨으로 축 늘어진다
드러누워 더 시끄러운 술병들은 두 겹 망사를 갈라 탈출을 시도할 때 빠르게 느리게
휘감다 걸린 선율로 집게손가락은 누구의 어깨를 휘어잡는다
답답한 세상에 불이 났다
체면도 지위도 탄다
물보다 싱거운 술은 얇게 남은 수줍은 심장마저 태운다
토해낸 난장판 화염들 위에
사뿐히 긴꼬리 흰나비가 태풍도 잡아먹은 요염한 얼굴로 일거에 감싸버린다
남자는 사내란 것에 놀랐다
작은 회오리가 콩닥거리는 어둠을 불렀다
그 후 페르소나 탈출은 한동안 무 초점의 초점으로 낄낄대었으나 풀린 구속으로
구겨져 깜깜히 실패한 휴지통에 처박히고 버스는 속도위반으로 검거되었다

「검거된 탈출　Arrested escape」

## Exercise. #F

신발 | Footware

# Footware

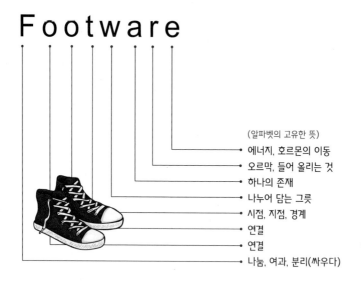

(알파벳의 고유한 뜻)

에너지, 호르몬의 이동
오르막, 들어 올리는 것
하나의 존재
나누어 담는 그릇
시점, 지점, 경계
연결
연결
나눔, 여과, 분리(싸우다)

Try #1. 의미 단어들의 연결, 혼합 및 여과

존재의 에너지가 들어 올려져 어느 경계에서는 나누어 지고 있다.

## Try #2. 실체의 가공과 변경

| 하나의 존재 : 신발 | 에너지 : 걸음걸이 | 경계 : 사건의 발단 |
| --- | --- | --- |
| 연결 : 사건의 전개 | 나누어짐 : 사건의 결론 | |

신발 한 켤레 길을 걸었다.
오르막 산길도 걸었다
생각만큼 쉬운 것은 아니었다
가다가 지쳐 쉬었다
바닥이 보였다
차라리 눕고 싶었다
결국엔 쓰레기장으로 갈 것을
그래 끌려 다니자 어딘지 모르지만


## Try #3. 실체의 다양화 추구

바닥을 좋아했고 그 길을 무척이나 사랑했다
힘든 산길에도 미친 듯 따라다녔다
바닥이란 몸값이 적잖을 때도 있었다
그러나 바닥은 바닥일 뿐이었다
그 아래 밑바닥조차 더 덜컹 터진 기분이면
그냥 쓰레기장에 비닐봉지 인생일 뿐이었다
오늘은 마구 걷고 싶다 밟으며 밟히면서
오늘은 피곤하게도 끌려다니고 싶다

「밑바닥 보다 더 아래 Below the soles of one's feet」

## Exercise. #F+

폴 앵카의 파파가 생각나는 달
아빠와 대구 종합운동장에시
이른 추석 씨름 구경을 하고 있다
작은 선수가 거대한 코끼리를 넘어뜨렸다
와-
그렇게 이렇게
빠른 것보다 더 빠른 구월
난 아버지 나이를 넘었다
세상에다 전부를 밀쳐버리고 혼자 같은데
투명 유리창이 이놈 하며 얼굴을 친다

아홉 살이 갑자를 넘겼으니
이렇게 빠른 것을
가을 민들레로 날아
어휘 어허 휘
동천강 따라 내리는 단풍을 탄다

「구월 파파 Father's september」

## Exercise. #F++

**아버지 | Father**

F　Far from(저 곳으로 부터)

A　Amazing(놀라움의)

T　Teaching(가르침을)

H　Heart(가슴에)

E　Everything(모든 것을)

R　Renewal(갱신)

Try #1. 의미단어들의 연결과 혼합

저 곳으로 부터, 놀라움의, 가르침을, 가슴에, 모든 것을, 갱신하는

Try #2. 실체의 가공과 변경

아득한 곳으로부터
모든 진리의 가르침을
계속해서 받아보는 영혼의 굴레

「아버지 Father」

## Exercise. #F+++

은은 예명인지도 모릅니다
규은 어디 두고 은이 되었을까요
의식함은 어느 산사 여행이었습니다
언젠가 운동회 때 스친 적 있었지요
외로움과 삼킨 미소가 숨어 보이는
젊고도 나이 든 순수이었습니다
우연한 날 남쪽 나라에 큰 눈이 왔었지요
저녁이었으나 동트는 여명처럼 밝았습니다
하얀 눈 속에다 속내 조금 열어 보였습니다
귀여운 손주를 본다고 했습니다
잠깐 찾아든 곳은 닭갈비 집
그 후 차 한 잔도 없이 구정이 지나고
태양은 눈을 녹여버렸고 막은 내려졌습니다만
아직도 가끔 까망 눈이 옵니다

「눈 속에 핀 꽃  Flower in the snow」

## Exercise. #G

### 아가미, 애인, 음부(종교적 의미) | Gill

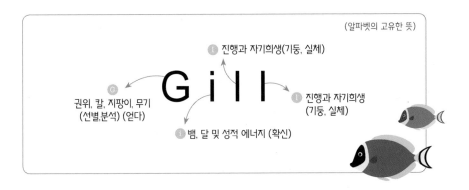

Try #1. 의미 단어들의 연결, 혼합 및 여과

음의 에너지 진행과 진행으로 무기화되는 것. # 들어낼 수 없는 음으로부터의 나오는 도구

음의 에너지 : 애인

진행과 진행 : 불륜

무기화 : 필요와 불편의 도구

## Try #2. 실체의 가공과 변경

연인은 물고기의 아가미
물만 빨아들이고, 물만 뱉는
분리할 수도 없는 둘의 하나
아니 분리할 수도 있는 하나
없으면 부럽고, 있으면 거추장스러운 사물

「연인 1  Lover 1」


## Try #3. 실체의 다양화 추구

점심 후 하는 입맞춤
간사한 몸짓에 텁텁함은 어디 가고
가냘프게도 들리는 후벼파는 소리
필요하면서도 필요 없는
언젠가는 버려야 하는 이 사람

「이쑤시개  A toothpick」

## Exercise. #G+

정월 중순 눈 이슬 둘 맺혔다
나는 흘렸고
분신은 다시
내가 되어 하얀 천지로
눈밭에 뚜렷히 빛난 설아(雪娥)로
눈 속에 돋아난 새싹 설아(雪芽)로
고속철이 빨라도 빨라도 마음보다 늦다
나이 만큼이나 무거운가 보다
대면의 순간
다운 것이 다 내 것이다
사는 것이 다 이런 것이다
친구가 돈까지 내며 자랑하는 것을
아니 내가 그들을 싫어한 이유를
일순간 세월이 관념을 깨뜨린다
난 천치가 되는 것을 알고도 모른다
나, 다시 나와 또다시 나는
새로운 시작의 경계에서 발을 들었다
할 일 많은 할아버지가 되었다

「할아버지의 날 Grandfather's day」

## Exercise. #G++

점심때 쯤
이층 헌책방을 나오고 있었습니다
누군가 아는 체 했습니다
몇 번 산행에서 만난 적 있는 이성이었습니다
서로 인사를 했습니다
갑자기 제게 권총을 발사했습니다
"아 나 배고파요"
피할 겨를도 없이 총 맞았습니다

「여자들의 권총   She has a gun」

## Exercise. #G+++

먼지로 와서
먼지로 날다가
먼지가 되어 앉았습니다

「묘비명  A gravestone」

## Exercise. #H

**구멍, 허점, 구덩이, 동굴 + 잡다, 열다, 기다리다, 보유하다 | She hold on to him**

**달라붙다, 매달리다**

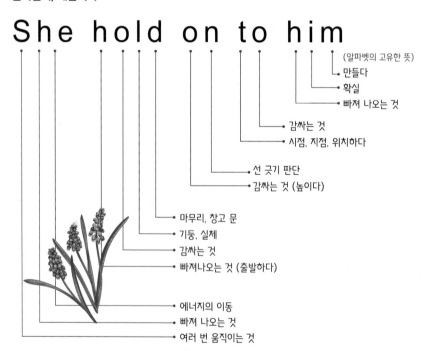

Try #1. 의미 단어들의 연결, 혼합 및 여과
생략

Try #2. 실체의 가공과 변경
생략

Try #3. 실체의 다양화 추구

난장판 아수라에도 도적놈이 있고
잘나고 멋진 진짜 도둑놈도 있다
열려라 참깨. 암호를 쓰는 신세대 홍길동
침입자는 같은데 무엇이 다를까
마음을 훔치는 도적놈의 존칭어는 가이
돈을 훔치는 도둑놈의 존칭어는 해커

「도둑놈의 존칭어  Hacker」

## Exercise. #H+

누구나 비밀 하나는 가지고 있겠지요
생을 바꾸었을 이찔한 순간도 있었겠지요
되돌이표가 버린 차집합*일 뿐입니다
무설설 비밀은 문장의 오류일 뿐입니다
숨김은 그림자로 있어도 없지요
그 무거운 간직이 아니라
그냥 얇은 두피에서 돋은
하얀 머리카락 같은 끄나풀 사랑이겠지요

「비밀 하나를 잡고  Holding on a secret」

*차집합 : Difference of sets

## Exercise. #1

**외로움** | Isolation

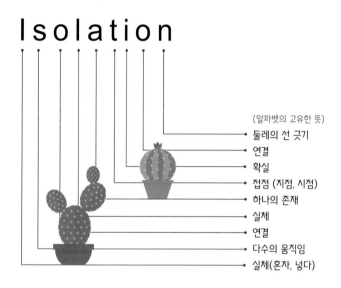

Try #1. 의미 단어들의 연결, 혼합 및 여과

하나의 고유한 실체가 다수의 움직임에 연결되어있거나 구성되어 있었으나 그 실체는
어느 시점에서부터 확실하게 연결이 선으로부터 절단된 상태.

「외로움 Loneliness」(1)

Try #2. 실체의 가공과 변경

이렇게 먼저 글의 깊은 특성을 파악한다.

이차적으로 문장을 다듬는 과정을 거친다.

여기서부터는 시인의 생각이 어느 정도 내포적 의미를 발산해야 한다.

(하나의 고유한 실체)가 (다수의 움직임)에 (연결되어있거나 구성되어 있으나)

(그 실체)는 (어느 시점)에서부터 확실하게 (연결이 선으로부터 절단된 상태).

방법

(하나의 고유한 실체)를 사물로 바꾼다. 생명체로 바꾸는 것이 1순위이고

무생물이나 사물이라고 칭하는 어떤 시인이 애착 또는 애증이 있는 물건으로 바꾼다.

여기서는 하나의 실체를 '일벌'로 바꾸어 본다.

(하나의 고유한 실체) : 일벌

(다수의 움직임) 공동체 생활, 집단행동, 사회적 관계, 벌집

(그 실체는) 대상적 사물=여왕벌

「외로움 Loneliness」(2)


Try #3. 실체의 다양화 추구

생략


Try #4. 실체의 간결화 및 결정

일벌 한 마리 윙윙 노래하며 일만했으나

여왕벌은 일만 하는 일벌이 한심하여

어느 날 로열젤리만 안고 집을 떠나버렸다.

「외로움 Loneliness」

## Exercise. #J (팝송)

**나는 또 다시 사랑에 빠졌어요 | I Just Fall In Love Again**

# I Just Fall In Love Again

Try #1. 의미 단어들의 연결, 혼합 및 여과

생략

Try #2. 실제의 가공과 변경

생략

Try #3. 실체의 간결화 및 결정

눈물을 지웠습니다
옛날도 묻었습니다
그 옛날로 돌아왔습니다
그 노래를 합니다
실체를 다시 잡으렵니다
끼를 흔들어 보겠습니다
지남과 지금을 칼날로 잘랐습니다
분명 공포합니다
사랑이 왔습니다
칼을 버렸습니다. 분리가 필요 없습니다

「너보다 더 멋진 More wonderful than you」

Try #4. 팝송 전문 해석

꿈 / 꿈을 꾸고 있는 게 틀림없어 / 아니면 내가 정말 거짓말을 하는 걸까?
여기 누워서/ 자기야 / 날 품에 안아주면 / 내가 깨어있긴 하지만 /
내 꿈을 알아 / 현실이 되고 있어 / 그리고 오, 난.. / 다시 사랑에 빠지는 거야 /
한 번만 만져봐 / 매번 일어나는 일이지 / 저기 지나가요 / 다시 사랑에 빠지는구나

그리고 내가 사랑하면 / 어쩔 수가 없어 / 난 너와 사랑에 빠졌어 / 마법이야 /
마법이 틀림없어 / 내가 널 안고 있는 방식은 / 밤이 되면 / 날고 있는 것 같아 /
쉬운 날 스타에게 데려가는 건 / 천국이 바로 그 순간이다 / 내가 네 눈을 들여다볼 때

그리고 오, / 다시 사랑에 빠지는 거야 / 한 번 만지고 / 매번 일어나는 일이지 /
저기 지나가요 / 다시 사랑에 빠지는구나 / 그리고 내가 사랑하면 /
어쩔 수가 없어 / 난 너와 사랑에 빠졌어 / 어쩔 수가 없어 / 난 너와 사랑에 빠졌어

*노래를 들으며 어떤 영감이 생길 때 스케치는 시쓰기에 유익하다.

## Exercise. #J+

폴, 눈이 온다
셀폰에서 이미 폭설이 내렸다
안면만 있는 친구를 만나는 날이데
몇 년에 한 번 볼까 말까 하는 눈
차라리 반갑다
연결할 수 없는 연결의 억지 논리엔
그는 오늘처럼 뒤집히므로 왔으면 좋겠다
이미 떠난 것도 조용히 녹아내렸듯
끝과 시작이 붙었나 보다

「1월 마지막 날  Thursday 31 January」

## Exercise. #K

**달의 문** | Knock on the moon

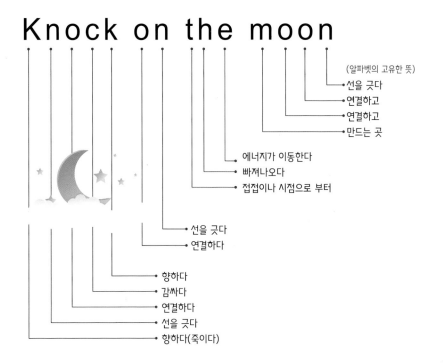

Try #1. 의미 단어들의 연결, 혼합 및 여과

무엇을 만드는 곳으로 연결하고 또 연결하다 보면 마침내는 에너지가 이동하여
어떤 마음 향하는 곳으로 연결하려고 걸음하여 닫힌 문을 선으로 연결하려 한다.

Try #2. 실체의 가공과 변경

그대 달이 되었는데 갈 수가 없어 바라만 보네
내 가슴으로 치는 노크 소리 들리는지 알 수가 없네
오늘 밤에 구름이 그대를 끊으려 하네
심하게 두드리네, 다시 두드리네
난 구름을 부르지 않았네

Try #3. 실체의 간결화 및 결정

펼친 시집 가장자리 끝이 몰래 키보드 엔터를 계속 눌렀네
당신은 놀라 핏빛 달로 떠내려가다 하늘까지 가버렸네
한마디 말없이 떠난 줄 나는 몰랐네
그날 그 펜으로 당신을 그려보지만 구름이 또 가려서네
똑똑 노크로 하늘 문을 두드리며 아프게도 불러보지만
당신이 moon이란 걸 알면서 몰랐네
무참히 문을 허물고 문에게 멀어졌네

「문과 달  Knock on the moon」

## Try #4. 실체의 다양화 추구

단숨에 알았습니다. 그 말속에 진실이 따로 있다는 것을

그러나, 그러나 파헤치고 싶지 않았습니다. 그 책을 함께 넘긴 지가 오래된 지라 찢어 버릴 순 없었습니다. 그냥 무던히 무심하게 보내는 붉은 엽서 한 장을 우체통에 묶어 둘 수는 없습니다.

그 속에 그냥 포기로 던지고 말았습니다. 잘못한 것을 찾을 요량으로 붉은 카드를 내민 것은 아닙니다.

왠지 모르게 오늘은 붉은 글씨를 쓰고 싶었습니다. 사람들이 돌을 던지겠지요. 던지라지요. 차라리 얼굴에 피가 흐르고 흐르면 무던해지겠지요.

「알았습니다  Got to know」

## Exercise. #K+ (수필)

작은 체구가 도착한 곳은 사람 냄새가 물씬 풍기는 담뱃갑 속의 도시. 오며 가며 두 사람이 사랑으로 누운 좁은 길, 조명으로 붙은 신호등이 있는 거리에 큰 꿈을 숨겨 스며든 곳 울산. 시내 성남동 거리는 모두가 신기했다. 그 속에 붐비는 바쁜 사람들 틈에 나는 대도시 큰길에서 놀다 이상한 동화 나라에 도착하여 자유낙하를 꿈꾸는 앨리스였다. 하루를 꼬박 신기하게 보내고 어느 큰 공장에 들어가 나는 또다시 놀라고 말았다. 아주 큰 창고 같은 건물에 하늘을 찌르는 로켓들이 발사 준비를 하듯 연기를 높게 내뿜는 모습은 '미래가 카운트 다운되고 있는 신세계가 이런 곳이구나' 느끼며 면접을 거쳐 무사히 입사했다.

우리 세대가 고생의 마지막 세대라고 한다. 열심히 일해서 부모님께 부쳐드리고 또 편히 모셔야 하는 의무 세대였다. 술을 좋아해도 막걸리면 족하던 시절이고 소주를 나누어 마시면 그래도 나름 폼을 잡는 부류라고 자부하는 정서 속에 입사 환영식은 거듭 놀라게 만들었다. 울산 사람들은 맥주 아니면 안 먹겠다고 했다. 소줏값의 서너 배나 비싼 값이었기에 많은 사람 다 마신다는 것에도 당황했다. 둔한 머리로 얼른 계산해도 십만 원, 월급이 이십 만 원 정도라고 들었는데 반은 날아갈 판이었다. 속에선 '문둥이 같은 놈들'이라고 욕을 하면서도 한편으론 '울산이 과연 부자 도시구나' 하는 생각도 들었다.

열심히 공장을 설계하고 건설하며 날마다 현장으로 뛰어다닐 당시 현장 식당에서 중참으로 나온 국수를 순식간에 먹어 치우며 젊은 총각을 파묻고 있었다. 어느 날인가 부서 전체 야외놀이가 있었다. 그동안 쌓였던 스트레스가 얼마였는지 빈속에 닭고기 몇 점에 소주를 돌려가며 마시다 취해 그만 누워버린 후 누군가 깨어

일어나보니 출근이 늦자 동료가 확인하러 온 것이었다. 기숙사 생활을 할 때 매일같이 나오는 연뿌리 반찬에 질려 난 아직도 그것을 좋아하지는 않는다. 지금도 먹고 싶은 음식은 밀가루 반죽을 얇게 눌러 칼로 서걱서걱 썰어 넣고 끓인 수제빗국이다. 입가에 침이 돈다. 기숙사가 돈다. 칼 수제비가 먹고 싶다. 지금.

여기도 저기도 공장 건설이라 사람들이 많이 부족한 시절이었다. 5년이란 경험을 쌓아 최고라 불리는 대기업에 경력사원으로 이직했다. 그곳에선 또 그들만의 울타리가 있었다. 허무는 작업은 생각보다 쉽지 않았다. 매일 점심시간이면 어학 공부를 하고 또 현장을 열심히 뛰어다녔다. 통근버스를 함께 타는 동료들과 통닭집, 소줏집이며 지금은 사라진 다방으로 다니며 친분과 존재를 확인해 갔다. 참 많은 기억이 살아있다.

석유화학 공장을 건설하며 이리저리 출장으로 참 많이도 다녔다. 마침내 나이 사십 중반에 모든 것을 훌훌 털고 질량 없는 앨리스로 날기로 마음먹었다. 구속을 툭툭 던지고 엔지니어링 회사를 창업하여 그 무더운 여름을 에어컨도 없이 무진장 고생으로 보냈다. 세월은 참 빨리도 흐른다. 어느새 울산시로부터 공업용지를 불하받아 환경관련 기기 제작, 시계탑 사거리 구조물 제작 등으로 하루가 바쁘게 살아가다 IMF라는 태풍에 날아온 돌덩이 부도를 맞았다. 어찌할 수 없는 한계에 부딪혀 쓰러져 가는 회사, 직원들의 월급을 챙겨주기가 어려운 가운데 하청회사 사장들의 나만 살자는식, 앞뒤 없는 행동에 결국 사람마저 잃어야 했다.

그때 답답한 가슴을 털어내기위해 바다를 찾아 해변을 걷고 있을 때 돌 틈에 피어난 찔레를 보게 되었다. 찔레를 보며 나도 모르게 한편의 시를 읊조리며 몸에 큰 침으로, 잎엔 수많은 작은 침으로 무장한 찔레가 되리라 다짐했다. 찔레가 되어 그 어려운 터널을 통과하고 서서히 자리 잡아가고 있는 이 나이가 나를 다독거린다.

그래 이젠 침 없는 찔레다. 욕심을 버린 지 오래고 이대로만 유지해다오. 작은 바램으로 휴일 가까운 산자락 작은 암자를 오르는 스스로를 발견하면 울산은 나의 전부요 생이다. 잠시 돈 벌어 고향으로 돌아가겠다던 것이 고향보다 더 오래 살았으니 이곳이 내 부모님이요 아들이고 고향이다. 오늘도 나는 이 길을 다시 찾으며 하루를 다듬는다.

「칼 수제빗국  The soup sliced with a knife」

## Exercise. #L

망각의 강 | The Lethe River

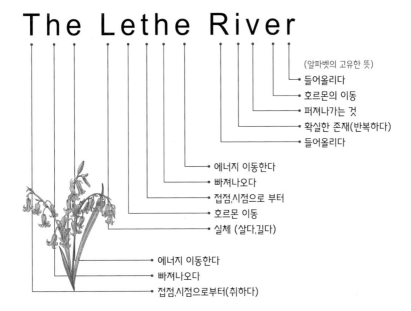

Try #1. 의미 단어들의 연결, 혼합 및 여과

실체와 확실한 존재 사이에는 어느 지점으로부터 수많은 에너지의 이동이 강을 이루고
강은 또다시 흘러 바다로 가고 더 비는 오지 않고 강은 메말라 죽음에 이른다.

Try #2. 실체의 가공과 변경

생략

Try #3. 실체의 간결화 및 결정
생략

Try #4. 실체의 다양화 추구

여인에게 해넘이란 친구가 있었다
그는 태어날 때부터 장애였다
시간이 있을 때마다
놀며 치료도 하고
같이 밥도 먹고
앙칼지게 빼앗기 놀이도 했다
서로가 고통스러울 땐 진통제도 나누어 먹었다

아침 인사도 하고
잠깐 선잠 꿈속을 거닐고 있을 때
몽한 노을 눈물을 흘리고 있었다
따뜻하게 싼 오줌과 함께
여인을 두고 망각의 강 레테를 건너고 말았다
그 후
여인은 고양이들은 말을 못 한다는 것을 알았다

「망각의 강  The lethe river」

## Exercise #L+

용(龍)으로 승천한다더니
깊은 수렁에 빠진 천방지축 이무기는
이제 인간(人間)이 되려 합니다

「늦은 내일 Late tomorrow」

## Exercise. #L++

**마지막 펜 하나, 종이 한 장 | Last pen and paper**

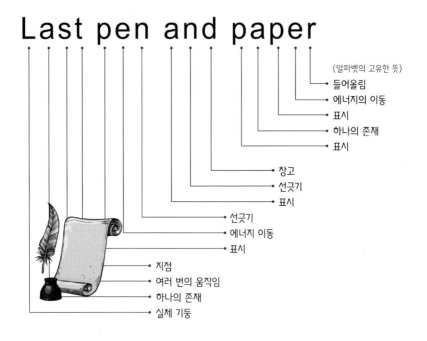

Try #1. 의미 단어들의 연결, 혼합 및 여과

last : 하나의 실질적 존재에 대한 여러 번의 사유

pen : 구분의 시작

and : 실체의 분리

paper : 하나의 존재에 표시하고 또 표시

Try #2. 실체의 가공과 변경

생략

Try #3. 실체의 간결화 및 결정

생략

Try #4. 실체의 다양화 추구

마침은 조용히 끝을 잡았다. 꼬박 하루가 먼 곳에서부터 엔젤라를 위해 붙잡혔다.
예감이라도 한 듯 여행이 끝나기도 전에 별들의 얼굴에 금이 갔다.
이유 없는 병신같은 병신이 되어 작은 상처하나 지우지 못해 철저히 슬픈 목수가 되어
만나지도 못한 그녀에게 詩를 대패로 다듬었다.
한번 똑바로 서보지도 못한 짧고도 구부정한 시간은 검붉은 핏기조차 앗아가고
더부룩하고 침침한 주머니에서 마침내는 모두를 단절하는 삼베옷 같은 비닐봉지
속으로 끝의 허공으로 되돌아가며 그는 마침과 마침을 알고 있었다.
댄서는 흥겹게 춤을 추고 목수는 허우적거리기만 한다는 것을.

「펜 하나에 종이 한 장 Last pen and paper」

## Exercise. #L+++

### 사랑은 | Love is

**L** Life(인생)

**O** Only(오직)

**V** Vote(선거)

**E** Election(선택)

Try #1. 의미단어들의 연결과 혼합

인생은, 오직, 선거, 선정자

Try #2. 실체의 가공과 변경

사랑은

오로지

그대 가슴의 선택자로부터 온다

「사랑은  Love is」

## Exercise. #M

**달과 풍선 | The moon and a balloon**

# The moon and a balloon

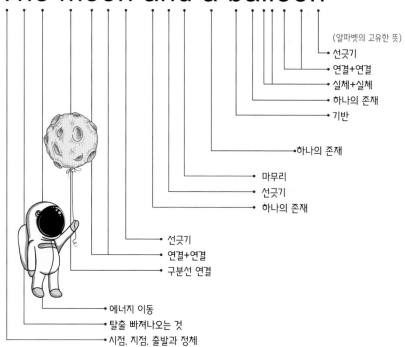

(알파벳의 고유한 뜻)
- 선긋기
- 연결+연결
- 실체+실체
- 하나의 존재
- 기반

- 하나의 존재

- 마무리
- 선긋기
- 하나의 존재

- 선긋기
- 연결+연결
- 구분선 연결

- 에너지 이동
- 탈출 빠져나오는 것
- 시점, 지점, 출발과 정체

Try #1. 의미 단어들의 연결, 혼합 및 여과

어떤 에너지 변화의 시작이 선으로 연결된 것의 구분 선의 마무리와 또 하나의 공간을 기반으로 하는 연결과 연결된 하나의 존재.

Try #2. 실체의 가공과 변경

구속된 풍선, 자유로운 풍선, 대상, 관계=서글픔,
달=이상적 희망,
구속으로부터 탈출한 풍선하나 지쳐 쓰러졌습니다
달빛을 받았습니다
은은한 재활의 기운을 얻었습니다
달도 마음이 따뜻해 옵니다
관계가 형성될까.

Try #3. 실체의 변경 및 결정

구름 먹은 풍선하나 내려앉았습니다
한쪽 팔 묶인 끈이 몹시도 무거웠나요
활짝 웃는 아기 그림도 그려져 있습니다
누군가 잃어버렸나요. 그냥 쫓아버렸나요
끈을 살짝 자르고 다시 자유로 보냈습니다
며칠 후 달빛 소리에 간들거림 하나
담벼락 아래서 웅크리고 있습니다
달은 풍선을 비춰 보았습니다
풍선은 달을 띄어 보았습니다
거친 바닥에 지친 듯 함께 들어왔습니다
밖이 환한 책장에다 두었더니
가볍게만 보이던 풍선이 무게도 있습니다
달은 풍선의 은은함을 좋아했습니다
언젠가 끈을 풀고 공기도 채워 넣어야겠지요
글쎄요 그땐
안나 카레니나를 함께 읽을 것 같아 덜컹합니다
혼돈을 키워가는 달과 풍선은 한 잔 시를 씁니다.

「달과 풍선  The moon and a balloon」

## Exercise. #M+

맑은 콧물이 살짝 흐르고 기침이 이젠 잊었느냐 할 때 달이 뜹니다.
얼음이 녹고 마음 부풀어 화분을 사야겠다고 생각할 때 달이 떠오릅니다.
맛있는 것도 없고 재미있는 것도 없어질 때쯤 달은 그날도 뜹니다.
오늘 저녁에도 나도 있잖아, 구름있잖아 할때 지구를 돌아 가슴에다 뜁니다.

「달이 뜨다 The moon is rising」

## Exercise. #M++

나는 몸 파는 여자
이놈 저놈 입맞춤으로 하루를 보냅니다

「머그 잔  A mug」

# Exercise. #M+++

## 어머니 | Mother

M  Most of(가장 중요한 것)
O  Only(오직)
T  Teaching(가르침을)
H  Heart(가슴에)
E  Everything(모든 것을)
R  Remind(알려주는)

Try #1. 의미단어들의 연결과 혼합

가장 중요한 것을, 오로지, 가르침을, 가슴에다, 모든 것을, 상기시키다

Try #2. 실체의 가공과 변경

삶의 가장 중요한 것을
오직 그 가슴에다 모든 것을
고동으로 상기시켜주는 사랑의 굴레

「어머니 Mother」

## Exercise. #N

### 터무니 없는 | Nonsense

Try #1. 의미 단어들의 연결, 혼합 및 여과

어떤 에너지의 움직임이 여러 번 있었으나 또한 흔들림으로 에너지 변화가 일어남에
분명한 선을 긋고 다시 선을 그어 연결을 잘랐다.


Try #2. 실체의 가공과 변경

춤을 잘 추는 놈이 있다
선도 곱다
흔들림은 유선을 따라 선을 그으며
다시 선을 따라 몸이 돌아간다
휑, 그는 여자도 남자도 되는 트랜스젠더였다


Try #3. 실체의 간결화 및 결정

이치에 맞지 않고 도리에 어긋나도
터무니없이 재미있는 놈이 있다
풀려버린 경계를 틀어막기는 커녕
어처구니를 뽑아버린 멋진 년도 있다

「바로 당신 Just U」

## Exercise. #N+

5엽, 7엽, 9엽
단풍이 떠내려간다
글쟁이들도 떠내려간다
아쉬워, 너무 아쉬워
산장은 주인이 지겨워
막걸리 두 병이 취해버리고
아름다운 것은 곁에 있건만
억새는 무엇이 그리워 저렇게 손짓을 하는가
순간을 스치는 집시는
저 홀수들의 놀라운 대칭에
한낮 티끌
홀수에 홀수는 짝수인 줄 알았건만
스산함만 둥둥 휩쓸려가네

「11월  November」

## Exercise. #N++

### 나르시소스 | A Narcissus

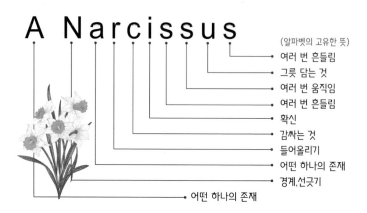

(알파벳의 고유한 뜻)
- 여러 번 흔들림
- 그릇 담는 것
- 여러 번 움직임
- 여러 번 흔들림
- 확신
- 감싸는 것
- 들어올리기
- 어떤 하나의 존재
- 경계,선긋기
- 어떤 하나의 존재

Try #1. 의미 단어들의 연결, 혼합 및 여과

어떤 하나의 존재에 대한 흔들림과 움직임이 여러 번 있었으나 확신을 가지고 감싸고 들어올리기를 여러 번 하여 경계의 선긋기를 하면서 그릇에 담아 선긋기를 하다.

Try #2. 실체의 가공과 변경

나르시즘, 자신을 두려워하는 수선화처럼 하나의 존재에 흔들리며 움직이지 않는 요동의 꽃이 있다
나이는 들어가고 되돌아 봄도 점점 커지고 있다
과거를 먹고 산다는 것에 두려움이 있다
결국엔 어쩔수 없이 길어지는 그림자처럼
결국에 시들고야 말 것을....

Try #3. 실체의 간결화 및 결정

내가
꽃을 바라보는 것은
아름다움뿐만 아닙니다
그 자리에만 있기 때문입니다

그대를 다시 찾는 것은
과거를 미워하지 않아서입니다
그때 떠남도 반겨주는 이유입니다

님을 가까이하는 것은
그윽한 그 향기뿐만은 아닙니다
기억이 자리하고 있기 때문입니다

당신을 안타까워하는 것은
시들어 가는 것이 두려워서입니다
또 내 그림자가 길어지는 이유입니다

「수선화 Narcissus」

## Exercise. #0

### Others | 기타등등

Try #1. 의미 단어들의 연결, 혼합 및 여과

연결된 것들이 여러 번 흔들리며

어떤 시점으로부터 들어 올려지는 에너지

Try #3. 실체의 간결화 및 결정

그리하여

그리고 나서

결국엔 나만 멍청이 남았구나.

「기타 등등  Others」

## Exercise. #0+ (시조)

인간사 다 모아서
걱정 짐 등에 업고
깔끔히 몇 잎으로
보란 듯 녹여 넣어
휘어짐
강하다더니
부러질 듯 참으시네

「난  An orchid」

## Exercise. #P

세상에서 가장 긴 단어 45자

**진폐증 | Pneumonoultramicroscopicsilicovolcanoconiosis**

> Pneu mo no ul tra mi cro scop
> icsil i co vol ca no co ni o sis

(알파벳의 고유한 뜻)

- ℗ 단정적 표시 깃발(약한 힘, 뽑다)
- ⓝ 분명한 선긋기
- ⓔ 에너지의 흐름
- ⓤ 담는 그릇
- ⓜ 연달아 붙음과 경계
- ⓞ 어떤 연결 고리
- ⓛ 어떤 실체
- ⓣ 어떤 상태, 지점, 시점
- ⓡ 들어올림
- ⓐ 하나의 존재
- ⓘ 확실성의 판단
- ⓒ 감싸기
- ⓢ 여러 번 흔들림
- ⓥ 퍼져나가는 것

## Try #1. 의미 단어들의 연결, 혼합 및 여과

하나의 존재에 수많은 흔들림이 왔습니다. 마음속 지진인지 아니지 여러 번 확인했으나 불안한 흐름만 계속되고 있었습니다. 순간 자신을 감싸기 시작했습니다. 순간 깃발을 꽂고 선을 그어 빠져나가는 실체의 에너지를 담으려고 했습니다. 그러나 연이어 붙음에 연결고리가 터지고 말았습니다. 내게 지진이 왔습니다. 도와주세요.

단어의 의미들을 단순하게 나열하듯 혼합하다 보면 전체적으로 매우 불안한 상태와 상황이라는 것을 직감 할 수 있다.

## Try #2. 실체의 가공과 변경

언젠가부터 불안에 떨어야 했습니다. 그와 함께 지었던 집이 흔들림으로 점점 무너지고 있다는 것을 직감했습니다. 집이 무엇입니까. 감싸는 것이 아닐까요. 그에게 질문도 해봅니다. 그러나 연결 고리가 풀리고 있습니다. 흔들리는 것들이 들어 올려집니다. 떨어지는 생각들을 주워담으려 확실한 깃발로 찍어도 봅니다만 그 도파민은 흘러 퍼지고 말았습니다. 지진의 징조가 보입니다. 아니 이미 마음 속에 지진이 왔습니다. 깨뜨리는 것만 남았습니다. 사악한 뱀으로 올지도 모릅니다. 나는 기다립니다. 오, 하나님.

## Try #3. 실체의 간결화 및 결정

불안합니다
집이 흔들린다는 것을 직감했습니다
집이 무엇입니까
안정으로 감싸는 것이 아닐까요
왜라는 질문도 해봅니다만
그러나 연결 꼬리가 풀리고 있습니다
확실한 깃발로 표시도 해보니 다만
그는 화산이 되었습니다
폭발의 징조가 보입니다
아닐까 내 가슴마저 폭발했습니다
낙진이 몸 전체를 덮을 것입니다
진정이 진정을 기다립니다만
용암이 뜨겁게 분출합니다
사랑은 아수라로 날아오릅니다
아내가 폭발했습니다
나의 행동으로

「화산 Volcano」

## Try #4. 실체의 다양화 추구

고도를 기다립니다
산 위에선 저 아래가 뚜렷이 보이질 않습니다
정상이 높은 것은 아래가 있기 때문입니다
선거일이 다가옵니다. 하나 마나 선거
미세먼지 대책으로 차량 2부제가 등장했습니다
없는 넘은 죽고 있는 놈만 살자는 세상입니다
있는 놈은 두 대로 돌려가며 기세등등이면 됩니다
없는 넘은 한순간 헐떡거리는 차도 막혀버립니다
만족은 결핍을 알 필요가 없습니다
뉴우미노 울트라 마이크로 스코프 실리코 볼카노코 뉴시어스
"Pneumomnoultramicroscopicsilicovolcanoconiosis"
그는 45자로 가장 긴 단어의 정상에 올랐으나
다행스럽게도 '진폐증'입니다
부조리 같은 먼지를 피해
지치고 우울한 날 행복하리라
행복의 주문을 외웁니다
너무 평범해서 아니 부랑자라서
슬픈 메아리로 되돌아옵니다
미세먼지로
고도 선생님도, 해학 선생님도
오늘 저녁엔 못 오신답니다

「오늘 저녁엔 못 오신답니다 He can't come tonight」

## Exercise. #P+ (시조)

넉넉한 모습으로 창틈 엿보는 그대
나날이 마주하며 속마음 들여 보니
텅 빈 속 열어 보란 듯 이토록 아파할까

사랑채 시렁 위에 갓 두건 친구 삼아
어린 날 내려보며 엄하게도 꾸짖던
묵묵한 둥근 얼굴이 또 한 분의 어르신

몇 줄의 큰 주름은 세월의 무게던가
주홍빛 저 피부는 시골집 농부 얼굴
딱딱히 굳은 모습은 깊은 시름 아닌가

정 안고 가난 없고 농사일 부대끼며
오 형제 공부하던 그 땀방울 얼마던가
아버님 삶의 무게를 이제야 알다니

「호박  A pumpkin」

## Exercise. #P++ (수필)

마리벨은 나를 부를 땐 언제나 뽀(po)라고 불렸다. 난 익숙지 않았지만 경쾌하게 받아들였다. '뽀'라는 의미를 몰라 처음엔 좀 당황스럽기도 했다. 뽀(po)는 아마도 필리핀에만 있는 필리핀 영어 존칭어인 것 같다. Sir처럼 나이 많은 사람이나 손윗 사람들에 존칭어로 쓰이는 것 같다. 처음 들었을 땐 마치 아버지(fa), 어머니(ma) 처럼 들려서 많이 거북스럽기도 했다. 그러나 필리핀 여행에서 '감사합니다'며 뽀를 들었던 기억이 되살아났다.

회사 업무상 영어를 많이 쓰긴 하지만 해석하고 이해하는 기술적 영어이고 문장 으로 쓰고 또 많은 스펙(specification)을 해석하기엔 능력과 시간에 무리가 있어 다문화 센터에 연락해서 소개받은 이가 필리핀 출신의 마리벨이다. 그는 필리핀 스 타일과는 다소 거리가 있었다. 우선 체구가 패티 스타일로 뚱뚱했다. 그나마 얼굴은 아세안 특유의 짙은 갈색 스킨이었고 긴 헤어스타일을 하고 있었다.

잠깐의 대화로 능력을 체크한 뒤 아르바이트(part-time job)를 시작하여 2주 정 도 지난 난 뒤, 어느 날 출근길에 딸을 데리고 왔다. 갑작스레 만나게 된 그의 딸은 초등학교 4학년이라고 했다. 아이의 눈을 바라보니 어딘가 모르게 슬픔이 있는 것 같은 얼굴이었다. 회사에 아이를 데리고 온 것에 당황할 수밖에 없었으나 마침 봄 방 학이고 아이가 마땅히 갈 곳이 없으며 또 아이가 회사에 대해 궁금해 한다는 설명을 듣고 이해했다.

마침 동료가 가지고 있던 과자 한 봉지를 건네주었다. 어머니 옆에서 혼자 놀면서 여러 가지 "왜" 질문도 하곤 했다. 그때서야 난 그에게 아이 아빠의 직업을 물어보았 다. 인테리어 보수 공사를 하시는 분이라 했지만, 남편에 대한 믿음은 크지 않았다.

술을 많이 마신다는 설명으로 알 수 있었다. 매주 성당엔 열심히 나간다는 것에 심적 부담을 다소 덜었다고나 할까.

느닷없이 난 'There is nothing special in life'라고 했다. 인생 별 것이 없다는 평소 생각이 터져나온 것이다. 그는 아이를 고등학교부터 대학교까지 필리핀 학교에 다니게 만들어 한국과의 통상교류 분야에 종사하도록 하는 것이 희망이라고 했다. 참좋은 생각이나 고등학교까지는 한국에서 다니는 것이 좋을 것 같다고 대답했다. 고등학교 친구끼리 친근감을 가장 많이 느끼는 것 같다는 생각에서다. 아이의 성적으로 보아 이름있는 학교는 이미 어렵다고 말해 조금은 당황하지 않을 수 없었다. 그렇게 마음을 터놓고 얘기를 하게 된 이후 거리감이 좁혀진 것을 느꼈는지 마리벨은 그 후 일주일 정도 아이를 데리고 왔다. 국제 결혼을 한 가정의 모녀와 대화를 나누고 이해할 기회였다.

국제 결혼을 하신 분과 2세들이 겪는 현실의 한 단면을 조금은 알 수 있었다. 우리나라 사람들은 친절하기로 유명하나 한국 남자들의 폭력 또한 유명하다. 우리에게는 외국인들이 이해하기 힘든 빨리빨리 문화가 있다. 그것은 한국을 오늘날 선진국 대열에 들어서게 만든 원동력 중 하나다. 그러나 녹녹하지 않은 경쟁의 삶은 인구절벽도 낳았다. 능력과 조건을 앞 세우는 결혼 풍토가 만연하면서 결혼이 늦어지고 결혼하지 않으려는 풍토가 확산되는 한편으로 국제결혼이 많아지고 있다. 외국인도 결혼해서 여기에 살고 있으면 한국인이다. 그들과 외국인 노동자들에 대한 우리의 잘못된 이중잣대를 과감히 부러뜨려야하고, 그들의 많은 도움이 우리에게 득이 되고 있음을 부정해서는 안 될 것이다.

Maribel,

Today is Saturday.

The strong typhoon named Ring Ring is sweeping the whole country.

Outside the window, the electric cable is swinging and the sound of the wind is getting louder.

However I'm writing an essay about you in order to contribute to magazine WITH.

Good-luck be with you.

Thank you.


마리벨 씨,

오늘 토요일이군요. 지금 강한 태풍 링링이 온 나라를 휘몰아치고 있습니다. 밖엔 전깃줄이 많이 흔들리고, 바람 소리가 크게 들립니다. 그러나 난 '위드' 잡지에 실릴 당신에 대한 이야기를 쓰고 있습니다. 당신에게 많은 행운이 있기를.

감사합니다.


「보와 마리벨 Maribel & Po」

## Exercise. #Q

**질문과 답변** | Question and Answer

# Question and Answer

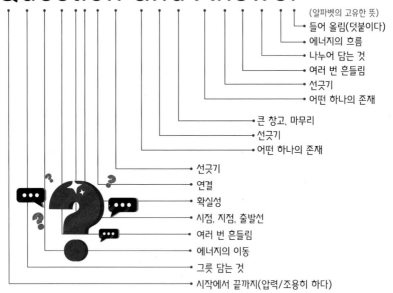

(알파벳의 고유한 뜻)
들어 올림(덧붙이다)
에너지의 흐름
나누어 담는 것
여러 번 흔들림
선긋기
어떤 하나의 존재

큰 창고, 마무리
선긋기
어떤 하나의 존재

선긋기
연결
확실성
시점, 지점, 출발선
여러 번 흔들림
에너지의 이동
그릇 담는 것
시작에서 끝까지(압력/조용히 하다)

Try #1. 의미 단어들의 연결, 혼합 및 여과

하나의 존재를 선으로 확인하는 것
또 하나의 존재가 있음
흔들리는 에너지의 이동
시작에서부터 끝까지 연결선의 확인
정확하게 담을 수 있는 그릇이 필요

Try #2. 실체의 가공과 변경

생략

Try #3. 실체의 간결화 및 결정

"ㅇㅌ친구가 Anne이 있는데 재미있다네!"
"부러웠겠네"
"이젠, 나이가 있으니깐"
 왜 하필 내게 소금을 뿌릴까, 그 똑똑한 놈이.

「그놈이 왜」

Try #4. 실체의 다양화 추구

공짜 물도 물어보고 마셔요
어쩌다 보면 물도 얹힌답니다
요즈음엔 바람 든 날라리 페트병이 너무 많아서.

「물 광고  Water's sensibility」

## Exercise. #R

**누룽지** | Rice Amber

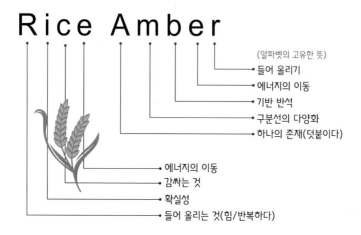

# Rice Amber

(알파벳의 고유한 뜻)
- 들어 올리기
- 에너지의 이동
- 기반 반석
- 구분선의 다양화
- 하나의 존재(덧붙이다)

- 에너지의 이동
- 감싸는 것
- 확실성
- 들어 올리는 것(힘/반복하다)

Try #1. 의미 단어들의 연결, 혼합 및 여과

하나의 존재에 에너지 상승하는 형상

감싸는 현상

들뜬 분위기

Try #2. 실체의 가공과 변경

생략

Try #3. 실체의 간결화 및 결정

생략

Try #4. 실체의 다양화 추구

나는 겨울입니다
추워서 따뜻한 돌솥에 눌어붙어 있습니다
솔직히 처녀는 아닙니다. 세월이 약간 흘렀습니다
소금도 설탕도 없습니다만 그냥 구수합니다
사람들은 한창 맛이 있을 때라고 합니다
시절이 마냥 좋을 순 없답니다
더는 딱딱하게 굴기 전에 살짝 맛볼 수도 있습니다
예명은 라이스 엠보(Rice amber)입니다
(012-5429-5882) 멍한 이 옷 사입고 오빠 빨리 오세요

「누룽지 From rice amber」

*amber : 황색, 호박색, 여자 이름

## Exercise. #S

### See Saw | 시소 놀이

(알파벳의 고유한 뜻)

ⓐ 하나의 실체

ⓢ 여러 번 흔들리는 것
(부드러움/ 출발하다)

ⓔ 에너지의 이동

ⓢ 여러 번 흔들리는 것

ⓦ 나누어 담는 것

Try #1. 의미 단어들의 연결, 혼합 및 여과

하나의 실체가

여러 번 흔들러

나누어 지면서

두 에너지의 이동이 일어나며 흔들리는 것

Try #2. 실체의 가공과 변경

생략

Try #3. 실체의 간결화 및 결정

우리 말인 줄 알았습니다
어릴 적부터 만났기 때문입니다
인생 공부한다고 위, 아래로 등을 탔으니
Seesaw 보인다+보았다
현재와 과거의 만남으로 태어나
현재에서 과거를 사는 하나 같은 둘
시간 여행을 즐기는 아인슈타인 같은 천재적 짝
His name is seesaw 또 다른 별명 teeter-totter.

「시소 친구  Seesaw friend」

Try #4. 실체의 다양화 추구

없으면서도 있는 복제 인간
유전자도 없이 다양성을 부정하는 동성 연애자
3차원이 기술 부족으로 만들어진 비유전적 단세포 클론

「그림자  Shadow」

## Exercise. #S+

36.9도
여름 밤의 왼쪽 가슴에 붙은 죄수 번호
뭉그러진 대지의 지독스러운 반란
그 위를 내려 태우는 불빛의 복사
질겁하여 숨죽여 달아나 버린 바람
차 속으로 숨어버린 피고들의
쥐새끼처럼 긁어서 뱉는 광란의 변명들
그대들이 버린 잔류물들의 심판
폭발의 그날같이 회귀하는 지구의
마지막 판결만 기다리는
도망자들의 한계 정점은 질주로 붉다

「질주 Scampering」

## Exercise. #S++

지독한 매서움
나의 서울은 늘 그렇다
가슴을 녹이기엔 너무 추운 하루다
되돌아온 신설 역의 바람은
하루의 머리에 쑤셔 든다
물 한 병에 빵 두 개 이 불균형은
서둘러 고속철로 서울을 떠난다
내 시린 한 조각을 여기다 두고
난 역시 여기가 아닌가 보다

「수서역  The Suseo Station」

## Exercise. #S+++ (시조)

손잡으면 민망하고 놓으면 서글프고
타는 속 보여 줄까 조바심에 두렵고
이따금
종일을 두고
취하기도 하여라

시늉에 웃음 안고 괴로움 삼켜 보면
또렷이 보이는 것 창백한 얼굴하나
가끔은
울렁이는 널
잊어 보려 하여라

마주하면 말없이 비켜있음 눈길 가고
예견된 사랑의 밤 아니어도 좋았어라
뒤척여
하룻밤에는
꿈에 두려 하여라

「소주  A bottle of Soju」

## Exercise. #S++++ (수필)

詩 쓰는 놈이 詩나 쓰지 웬 수필. 나이는 맛있는 것도, 신나는 것도 없는 푹푹 개똥 같은 해의 사월은 날씨조차 봄은 왔으나 봄이 아니다. 어떤 강력한 유니버스의 힘이 계절을 거꾸로 돌려 겨울이 되돌아올 것 같은 이 기분, 아마도 요즈음 나의 마음이겠지. '낮달이긴 하나 하늘에 달이 있는 것과 없는 것은 차이가 있겠지.' 겨울 같은 나의 봄을 위로하는 생각으로 상상의 달을 하나 그려본다.

이르다고 생각했으나 데려다 주겠다는 아내의 시간에 맞추어 아침 6시 경에 동천 체육관 앞에 도착했다. 수 많은 사람과 사람들, 또 외벽에 파도타기 큰 글씨로 쓴 관광버스들의 행렬에 놀라지 않을 수 없었다. 그 속에서도 나처럼 어리벙벙한 사람이 몇 명이 있었나 보다. 추운 아침 기다림은 질문으로 이어졌다.
"혹시 어디 가십니까?"
"여수 금오도 갑니다."
"저는 원주 출렁다리에 갑니다. 같은 일행인가 싶어서."
"아 네 거기도 좋다고 들었습니다."

미안해할까 봐 애드립을 던지고 길고도 붉고 화려한 버스들을 바라본다. 모였다 사라지는 부지런한 벌떼 인간들. 아니 꽃과 벌들의 윙윙 재잘거림...
'난 세상을 너무 모르고 살았구나.'
가슴 툭툭 바람결에 묻은 꽃가루마저 떨어진다.
온 나라가 미투 운동으로 떠들썩하더니
'남자들 기만 죽였구나.'
'이젠 확실한 여자 세상이다.'
페미니즘 월드가 오는 것이 아니라 왔다.
어느 심리학자가 한 말도 떠올랐다.

'남자는 여자가 이유 없이 화내는 것을 영원히 모른다.'
'여자는 남자의 마음이 순간의 에너지라는 것을 평생 모르고 죽는다.'

그저께 아산로에서 버스 사고로 두 명이나 죽었다는 기억이 나를 버스 한중간 자리로 안내했다. 큰 유리창에서 밖이 잘 보이는 자리, 속내로 엄지손가락을 올렸다. 아침은 조금 더 달려 절친 놈이 내 옆에 앉았다. 자리는 남녀, 여와 남이고, 남남은 나와 또 처음인 듯한 게스트 두 사람뿐이다. 진행자들의 인사가 끝나고 생각 없이 밖을 보는 내게 고문은 고문이란 이름으로 인사를 하게 했다.
"헛소리의 시간이 돌아왔습니다 ........." 무슨 소릴 했는지 나도 모른다. 다만 생각보다 진행자들이 고민을 많이 했던 것 같다. 준비도 탄탄했다.

버스도 함께, 젊은 영혼 마저 바다에 매몰시켜버린 세월호보다 작은 배를 타고 섬으로 들어갔다. 섬은 생각보다 컸다. 점심을 준비하지 않았기에 초조했으나 여기저기 밥이 많았다. 다도해 해상국립공원에서의 점심은 긴장을 놓아버렸기에 포만감을 불렀다. 아니 헛소리를 불렀다. 둘레길을 여기에서는 "버랑길"이라고 불렀다, 걷다 보니 부산 이기대 같은 분위기가 있고, 중국의 어느 모퉁이를 돌아가는 느낌도 들었다. 글쟁이라 그런지 목판(木板)의 詩도 보였다.

아무튼 바람의 언어를 들었다, 봄이라 외치는 소리를 들었다, 혼자 들은 것도 아니다. 곳곳에 있는 춘란도 들었다, 피를 토하고 목을 조여 가는 동백도 들었다. 아니 방풍나물들도 들었다. 먹지 못하는 술이 한마디 한다. '먹지 못하면 마셔라'. 몇 잔을 마셨다. 따뜻한 잠이 들었다. 춘 사월 초저녁에 시끄러운 잠이 들었다.

깼을 땐 그 좋았던 자리가 나잇메어(악몽)의 자리였다. 남녀의 춤사위에 어찌할 수가 없었다. 다시 눈을 감았으나, 더 이상 잠이 오질 않았다. 나의 갈팡질팡하는 이중성 때문에, 푹 던져볼까? 아님 얄팍한 자존심을 지킬까? 원초적 본능 이드(id)와 도덕의 슈퍼에고(super ego) 사이에 고민하는 에고 행위의 시간이 길고도 길었다.

휴지로 두 귀를 틀어막았다. 하지만 디스코에다 현란한 비트까지 산전수전을 겪은 음악은 이미 알파고 처럼 여러 수를 읽고 있었다.

놀라지 않을 수 없는 변화의 행동들이 보였다. 몇 년 전까지만 해도 버스 통로는 좁지만, 춤사위엔 남녀의 적절한 간격은 유지되고 있다고 생각했었다. 미투 운동이 휩쓸고 간 자리에 남자들은 비적극성의 제스처만 있는 것 같으나 슬쩍 유혹도 있는지 모른다. 여자들이 적극적으로 글래빙(잡아채는)하는 이 느낌들.

'나이가 늙고 세상이 변했구나'
me too는 me either이었다. 나도는 나도 이었으나 부정문 각자의 나 역시였다.
남자들이여, 어찌하여 이성의 짧은 문장을 읽지 못하는가.
"싫어"는 "글쎄" 이고,
"글쎄"는 "좋다"라고 마술의 언어를 알면서 모른단 말인가. 그래 인간으로 살지 않고 사람으로만 살아야지.
멍청이!
변화를 모르는 바보 박스!
I am stupid just like a silly box.

「멍청이 I'm stupid」

## Exercise. #T

**시공간 | Time and Space**

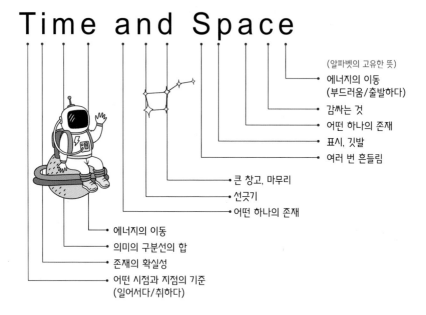

# Time and Space

(알파벳의 고유한 뜻)
에너지의 이동
(부드러움/출발하다)

감싸는 것

어떤 하나의 존재

표시, 깃발

여러 번 흔들림

큰 창고, 마무리

선긋기

어떤 하나의 존재

에너지의 이동

의미의 구분선의 합

존재의 확실성

어떤 시점과 지점의 기준
(일어서다/취하다)

Try #1. 의미 단어들의 연결, 혼합 및 여과

존재하지 않으면서 존재하는 것
빅뱅의 출발, 블랙홀의 새로운 탄생
흔들림에 의한 크나큰 에너지의 이동
알 수 없는 어떤 힘과 모든 것을 담는 마지막 창고
인간의 기준으로 본 선 긋기

Try #2. 실체의 가공과 변경

생략

Try #3. 실체의 간결화 및 결정

공간에 형용할 수 없고 보이지 않는 시간을 더하면 시공간입니다
시간은 흐르는 것이 아니라 그대로 있는 것이지요
과거에서 현재, 아니 미래로 물처럼 흐르는 것이 아니라
그 자리에 있을 뿐이랍니다
사람에 따라갔으나 서로 다른 시점을 증명하고 있습니다
사실은 나도 모르지만 낭떠러지는 있으면서 끝은 없습니다

「시공간 Space-time」

## Exercise. #T+

분명
일곱 시간 앞선 미래 시간을 여행하고 있다
형제별에서
타임머신 아내 호에다 접속을 시도했다
"여긴 미래의 시간, 터키"
"개똥"
"로또 로뚜 잘 놀다오슈"
"닭똥"
"알따 오버"
미래가 늙고 있다 분명히

For sure
I am traveling seven hours ahead of time
From brother star,
I tried to connect to the time machine of wife.
"Here is the time of the future in Turkey"
"Dog shit"
"lotto lottoo hang out well"
"Chicken shit"
"I have got it"
"over"
The future is getting old
Certainly

「타임머신을 타고  On the time machine」

## Exercise. #T++

강아지가 배에서 그 고기가 옮겨지는 것을 지켜보고 있었다
어부들은 나름 그 개의 행동을 유심히 관찰하고 있었다
다음 날 그 개는 어부를 따라 부두를 걷고 있었다
어부들은 **더**는 그 강아지를 관리하지 않았다
그들에게 집착은 **더** 불필요한 낭비였다
이제는 그것에 관심조차 없었다
강아지에게 그 기회가 왔다
그 춘삼월이 지나고나면
그 개도 어부가 된다
강아지씨 **너** 알지.

「the와 **더**」

## Exercise. #T+++

익숙지 않는 지난 것들
편안한 날의 지친 괴로움
초콜릿 빈 깡통의 울음소리
이미 아니 벌써 지워진 1004
굳어버린 소금 사탕 죽은 꿈틀거림
뒤집어 자는 것이 바로 자는 것을 알면서 모른다

「뒤척이다  Toss and turn」

## Exercise. #T++++

와, 와, 어서 와
2월에 포탄 두 발 빵빵
교집합(A∩B) 속에
A, B의 합집합(A∪B)의 합창 소리

봐, 봐, 어서 봐
지루한 초침의 기다림
따봉, 따따봉
개구쟁이 울음터지는 소리

응, 응, 응애에
마침내 읽는 햇볕 소리
할아버지 할머니
서울은 그냥 오는 게 아니야
윙윙 쌍둥이 보러 오는 거지

「와, 와, 어서 와  Come, come, come in, twin」

## Exercise. #U

### UFO를 타면 | An unidentified flying object

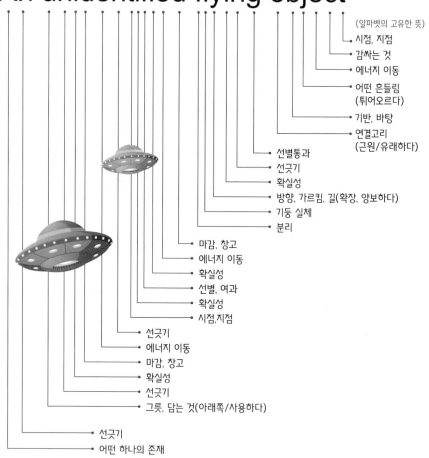

# An unidentified flying object

(알파벳의 고유한 뜻)
시점, 지점
감싸는 것
에너지 이동
어떤 흔들림
(튀어오르다)
기반, 바탕
연결고리
(근원/유래하다)

선별통과
선긋기
확실성
방향, 가르킴, 길(확장, 양보하다)
기둥 실체
분리

마감, 창고
에너지 이동
확실성
선별, 여과
확실성
시점.지점

선긋기
에너지 이동
마감, 창고
확실성
선긋기
그릇, 담는 것(아래쪽/사용하다)

선긋기
어떤 하나의 존재

Try #1. 의미 단어들의 연결, 혼합 및 여과

하나의 존재
흔들림을 바탕으로
그릇을 깨고 크나큰 창고에 들어와 선으로 날고 있는 것은 확실하다
비록 존재를 알 수 없지만

Try #2. 실체의 가공과 변경

생략

Try #3. 실체의 간결화 및 결정

나이가 나이인지라
우주여행 해본 지가 까마득하네요
그땐 UFO가 화성이 바로 눈앞에서 돌았는데
그런데 토성엔 아직도 춥다지 아마
이젠 갈 기회도 없는 것 아녀
「UFO를 타면  What happens If I ride UFO」

Try #4. 실체의 다양화 추구

하기 싫으면 할 필요가 있을까요
조건절은 정말 무섭습니다
명령보다 더 무서운 사악한 지령 그만 둬
「당신은 몬스터  U are a monster」

## Exercise. #U+

붓을 뒤집어서 하늘을 뚫어서
그 위로 물감을 칠합니다
그림을 그립니다
사랑을 그립니다
깊은 산사의 이름 같은 형용사로 꾸밉니다
사람에 따라 깊고
생각에 따라 더 깊은 자태를 그립니다
그냥 손등을 턱에다 고이고
좌로 삼십도 위로 십오도 바라보면
당신이 신(神)보다 아름답습니다
누가 정확히 신을 보았나요
헤아려 생각으로 지배해 버린 세상엔
마침내는
손바닥을 이마에 대고 형용사로 씁니다
활짝 핀 야생화에 작은 씨앗 하나 찍습니다

「그대는 형용사  You are an adjective」

## Exercise. #U++

덜컹 기차가 지나갑니다
머릿속 마술사는 철길 옆 밤밭을 펼칩니다
살짝 입 벌려 사랑에 찔린 푸른 밤송이
달콤한 키스 한 톨 나누어 먹었지요
화면이 흐르고
연한 립스틱을 칠한 둥근 알밤과
속 빈 쭉정이 하나 있었지요
알밤이 철길을 건너고
예고된 듯 고동이 철길을 자르고
쭉정이는 가시뿐인 빈 송이만 바라보았지요

오늘 일단정지에서
밤톨 하나 건너편에 생각으로 서 있지요
짙은 화장으로 세련되게
가슴엔 꽃 필 때 갉힌 자국 나방으로 달았겠지요
세월은 고소한 구운 밤을 좋아했지요
삶은 밤도 있었지요
목이 막힐 땐 술도 곁들어 마셨지요
그 생밤엔 아직도 벌레가 살아있을까요
꿈틀거리는 땀이 저 밑 깊은 꿈길로 달립니다

「일단정지  Stop line」

## Exercise. #V

**뱀파이어** | Vampire

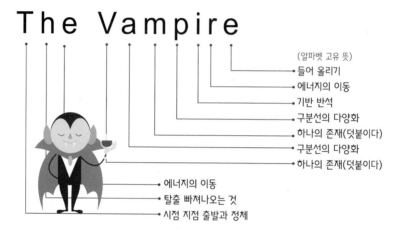

# The Vampire

(알파벳 고유 뜻)
- 들어 올리기
- 에너지의 이동
- 기반 반석
- 구분선의 다양화
- 하나의 존재(덧붙이다)
- 구분선의 다양화
- 하나의 존재(덧붙이다)

- 에너지의 이동
- 탈출 빠져나오는 것
- 시점 지점 출발과 정체

Try #1. 의미 단어들의 연결, 혼합 및 여과

어느 지점에서의 에너지의 탈출

무서운 하나의 에너지의 이동

보통과 분리되는 기준의 깃발

하나의 확실한 실체

위험의 퍼져나감

들어 올려진 차가운 분위기

Try #2. 실체의 가공과 변경

생략

144

Try #3. 실체의 간결화 및 결정

유리 탁자에 와인 한 잔 붉은색이 차갑다
시간이 탈색되고 부푼 몸무게는 탁자를 밀친다

내 어설픈
현실의 잔 아래 비친 과거의 잔을 보며
입술 살짝 붉게도 적신다
그때가 낚싯줄처럼 끌려온다

나는 뱀파이어 붉디붉은 그를 마신다
여기 불붙은 피로 그가 나를 삼킨다

다시 놓친 것을 휘어잡아 오목하게도 깊은
잔 속에 허우적대는 나와 나였던 너와 포도주를 마신다
아주 차갑고도 뜨겁게 매우 뜨겁고도 차갑게

「뱀파이어 Vampire」

## Exercise. #W

**선과 줄** | A wire and line

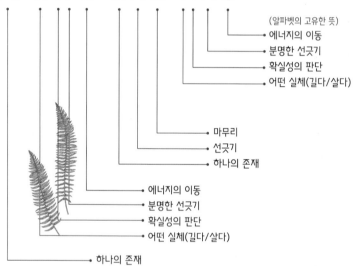

# A wire and line

(알파벳의 고유한 뜻)
- 에너지의 이동
- 분명한 선긋기
- 확실성의 판단
- 어떤 실체(길다/살다)

- 마무리
- 선긋기
- 하나의 존재

- 에너지의 이동
- 분명한 선긋기
- 확실성의 판단
- 어떤 실체(길다/살다)

- 하나의 존재

Try #1. 의미 단어들의 연결, 혼합 및 여과

하나의 무게 없는 실체를 위해 분명한 금긋기를 한다
그것은 분명 하나의 실체였다
또 하나의 실체가 분리되며 확실하게 에너지로 이동했다
그것은 또 하나의 존재를 지키기 위함이었다.

Try #3. 실체의 간결화 및 결정

어른들은 늘 줄을 치고 금을 그었다
망 줍기 놀이도 땅따먹기도 그냥 하는 것이 아니었다
그 속에 공통이 있었고 스스로를 심었다
머지않은 기다림을 그렸고 다음을 새겨 넣었다
긍정이 늘 부정을 누르며 금줄을 치고 또 금 긋기를 하였다
지금이 그냥 있는 게 아니었다
선과 선의 경계와 줄과 줄의 연결은
무게 없는 경계와 무게 있는 경계는
늘 크나큰 부담의 마주침이었다

「줄과 선  Wire & Line」

## Exercise. #W+

가슴차가 정신없이 달리더니
하필 그날 그곳 앞에서
꽝
가슴에 붕대를 감고
병원을 만들어 갇혀 있다

「무슨 일 있었나  What's up」

## Exercise. #W++

원주율이 원을 돌며 술을 따른다
무리수들은 덩달아 덩실거린다
유리수*를 따돌린 그들의 밤
난수들의 회식은 답이 없다
π : 3.14159□□□□□□
유리도 세월도 수(數)에 넘어진다

「노동자들의 한 잔  Drinks of workers」

\* 회사 간부

## Exercise. #W+++

마이너스 4도 초겨울 아침
들다 놓아버린 차디찬 커피잔
고장 난 온수기와 딱딱한 의자
부정은 늘 일상이 된 지 오래다
웅크린 손가락도 추운지 양손 가락지
어제 목욕탕을 잊었는지 가려운 등
가글 한 봉지 뜯어서 확 토해버리고 싶은 마음
미주알까지 뒤집어 버리고 싶은 심정
궁지에 몰렸다 계약된 날짜가 내일이다
왜 이 나이는 이렇게 살아야만 하는가
재능이 고생이다. 차라리 없었다면
올해 초겨울은 유난히도 흐린 날이 많다
다가오고 다가가는 끝을 향해
찍- 마지막 한마디는 해야 하지 않겠는가
40분에 한 사람씩 스스로 간다는데
날씨보다 가슴 더 시리다

「최악 The worst」

## Exercise. #W++++ (수필)

천하가 얼어붙었다. 마음도 꽁꽁 빙벽으로 막혀 있다. 이부자리를 팍 차고 전화부터 했다. 출발했을까? 다행이었다. 마음 급한 차는 아파트 앞에서 달리는 나를 보고 빵빵 클랙션을 울렸다. 한참을 뛴 후에야 알았다. 차에서 내 손을 보니 순간에도 얼어붙고 있었다. 동장군은 역시였다. 열 명 정도 펑크란다. 아담한 차는 언양 KTX 역사를 지나 여인이 춤을 추듯이 축을 기준으로 한 바퀴를 돌아 경부고속도로에 진입했다.

때마침 누워있는 여신의 가슴 사이로 태양은 붉게 올랐다. 참 붉고 크다. 태양의 마사지에 여신은 그만 자태를 잃고 말았다. 창조의 신이 나를 세상에 내보는 순간 어머니의 젖을 물었으니 시계는 정확하게도 알람을 울린다. 알람이 신호를 보냈다. 어쩔 수 없이 "응애" 소리를 했다. 떡이 손에 쥐어졌다. 참 맛이 있다. 여럿이 먹는 묘미(妙味)일 것이다.

부산에서 친구들이 타니 차가 중심을 잡는 것 같다. 몇번 가본 적이 있는 녹산공단을 돌아 거가대교에 진입한다. 스크린이 지나가는 것처럼 갑자기 나타난 바다. 느낌은 사람마다 다르겠지만, 탄성은 같다. 아 - 조 오 타아 야!

이윽고 들어가는 터널을 지나 나타나는 섬과 바다. 바다 표면의 증기는 무엇일까? 아마도 우리를 반가운 기운이 추위를 녹이고 있나 보다. 다시 들어가는 해저터널은 기술은 강했으나 꿈을 능가하지는 못하는가보다. 다들 한마디씩 한다. "고래다"라고. 그러나 철저히 무시당해 버린 터널의 타일 벽만 보고도 고기가 노는 것을 상상하고, 바다를 뚫고 불쑥 나타나는 섬과 사장교의 조화는 영화 제작의 미장센(소품의

배치가 잘되어 주인공을 돋보이게 하는 효과)과 클로즈업이 생각나게 만들었다. 그 속 주인공이 된 기분이다.

몇 개의 섬들, 멀고도 가까운 거제도는 이제 눈앞에서 있다. 기술이 섬을 육지로 만든 일은 플랜트 엔지니어 출신이 보아도 놀랄만하다. 잠시 차를 세우고 참았던 핵 폐기물을 처리하려고 화장실에 가보니 정말 가관이다. 모두가 얼어붙어 있다. 남자 가 좋을 때도 있었네.

차 속에서 먹는 아침은 벌들은 동침 중이지만 꿀이 있었다. 이때는 반주가 최고다 반주가. 나이가 나이인지라 몇 잔 들이켰다. 어린 시절엔 술 중독되신 분도 참 많았 는데 그땐 얼마나 삶이 고단했을까. 갑자기 길에 쓰러진 술주정뱅이들의 화면이 오 버랩되었다.

거제도 계룡산은 닭볏만 있는 것이 아니었다. 오늘만은 여인의 따뜻한 가슴이었다. 정말 다행이었다. 이런 날에 바람맞으면 몸도 마음도 아프다. 여인은 나의 활기찬 에 너지원을 느낀 모양이었다. 그러나 정상의 닭볏은 두 손을 쓰지 않고는 몇 걸음 가지 못할 정도였다. 정상의 남김 하나, 사진도 몇 장 찰깍했다. 4시간의 산행은 바지에다 축하의 하얀 먼지가 엉덩이 밑까지 붙게 했다. 이치와 도리를 걷는다는 것이 어렵다. 되돌아오는 버스 안에서 또 나를 버려야 하나 겨울 속에 봄은 없는 것일까.

「겨울 속에 겨울 Winter in winter」

## Exercise. #X

### 가끔 달이 뜹니다 | X-Girl Friend

# X-Girl Friend

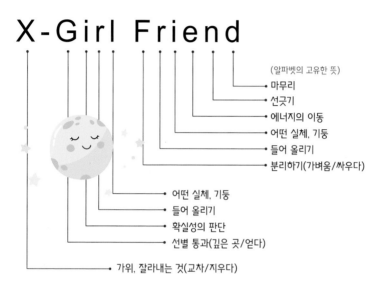

(알파벳의 고유한 뜻)

- 마무리
- 선긋기
- 에너지의 이동
- 어떤 실체, 기둥
- 들어 올리기
- 분리하기(가벼움/싸우다)

- 어떤 실체, 기둥
- 들어 올리기
- 확실성의 판단
- 선별 통과(깊은 곳/얻다)

- 가위, 잘라내는 것(교차/지우다)

Try #1. 의미 단어들의 연결, 혼합 및 여과

기둥 하나 선을 그리고 저 높은 곳으로 이동하며
마지막이 되었다.
확실한 기준을 통과한 어떤 실체 하나.
가위로 잘랐다.

## Try #3. 실체의 간결화 및 결정

맑은 콧물이 살짝 흐르고
기침이 이젠 잊었느냐 할 때
달이 뜹니다.

얼음이 녹고 마음은 부풀어
화분을 사야겠다고 생각할 때
달이 떠오릅니다.

맛있는 것도 없고
재미있는 것도 없어질 때쯤
달은 그날도 뜹니다.

오늘 저녁에도
나도 있잖아 나 있잖아
지구를 돌아 뜰 것입니다.

「가끔 달이 뜹니다 Sometimes the moon rises」

## Exercise. #X+

평균보다 아래에 있다
아니 바닥
더는 내려갈 곳이 없다
뛰어오를 일 만 남았다
첨벙 철썩 뛰어도 평균은 높다
나이가 중력으로 작용한다
중심조차 흔들려 버릴 순간에 서 있다
찌뿌둥 균형을 잃었다 좌측으로
내 나이엔 평균은 절벽을 품은 산이다
며칠 남지 않았다
낮추어라 평균을
가슴엔 자꾸 부정을 부른다

「평균 $\overline{X}$(엑스 바)」

## Exercise. #X++

희열은 꼭 그때만 '여보'라고 불렀다
하나가 아랫방에서 '응'하며 대답했다
미소도 비 내리는 날 '예'라고 응답했다
상희는 이층에서 '알았어'라고 노래했다
Ann은 영어로 '아이씨이'라고 윙크했다
누군가 또 몇 번의 비슷한 답이 있었다
희열은 그때마다 세상을 만들었다
세상이 여러 개가 되었다
그래도 그는 평균 이하일 뿐이었다
세상사 공감 계수
대수 평균값 X-bar=7 persons

「평균1  $\overline{X}$」

## Exercise. #Y

**탄성 한계를 넘어 | Yield Stress**

# Y i e l d   S t r e s s

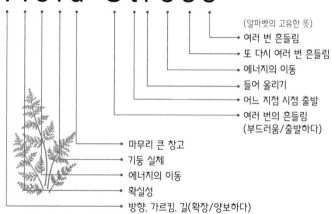

(알파벳의 고유한 뜻)

- 여러 번 흔들림
- 또 다시 여러 번 흔들림
- 에너지의 이동
- 들어 올리기
- 어느 지점 시점 출발
- 여러 번의 흔들림
  (부드러움/출발하다)

- 마무리 큰 창고
- 기둥 실체
- 에너지의 이동
- 확실성
- 방향, 가르킴, 길(확장/양보하다)

Try #1. 의미 단어들의 연결, 혼합 및 여과

여러 번 흔들림의 반복

지축을 흔드는 지진

갑자기 큰 에너지의 변화

실체가 갇혀 버리고 방향을 잃어버린 상태

길을 잃음

Try #3. 실체의 간결화 및 결정

남도 여행을 합니다
계절 기침을 했습니다 '이치 어틈'
'It's autumn' 가을입니다
어느 산사를 둘러보고
성씨가 같은 여인과 갈대밭을 걷고
가우도 둘레길을 돌다 김영랑 시인을 만났습니다
파도가 되어버린 시와 함께
바닷가 벤치에 묵상으로 앉아 있습니다
혹시나 믿고 함께 사진을 찍어본답니다
"모란이 피기까지는"
"나는 아즉 봄을 기들리고 잇슬태요"
겨울도 아닌 초가을인데 봄까지 바닷가 홀로 기다리시니
'선생님 차라리 낚시라도 하시지요'
미련한 녹봉들이 산을 보시라 권했으니
'저 많은 고기반찬 뒤에다 두고 때를 거르려 하시는지요'
생각이 생각다 못해 생각도 못 해
반복하다 보니 어느 나이에
발악 탄성 한계의 법칙이 적용될까 난 두렵습니다
쳇바퀴를 돌다 보면 피로 한계를 넘어
탄성한계에 지나 중력의 회오리로 소멸하겠지요
아직 조금은 남았으나 내일을 모른답니다
가을은 아주 작은 손톱만큼이지만
이미 가슴을 녹였으며 대지를 덮습니다

「탄성 한계를 넘어 Over the yield stress」

## Exercise. #Y+

할 일도 없이 먹을 것을 바라는 입 운동에다
괜스레 허공에다 텐트를 치는 개구리 같은 행동으로
상대도 없이 홀로 하는 이상한 키스로
생긴 하얀 점액질

「하품과 거품  Yawn and bubble」

## Exercise. #Y++

미스터 x와 미스 y 사이에는 풀 수 없는 공통의 이해 문제가 있었다.

여가 시간에도 x는 산책을 좋아했고 y는 산을 좋아했다.

x는 가로 길을 y는 세로 언덕길을 선택해서 잘 해결될 것 같았으나 남녀관계란 알 수 없는 갈등과 오해의 함수가 더해졌다.

어느 날, y가 산에서 내려오고 x도 되돌아오는 사거리에서 딱 마주쳐 서로에게 눈총으로 멸시적 슈팅을 날렸다.

흥하며 y가 코너에 있는 편의점에 들어가고 x도 뒤를 따랐다

y는 하나뿐인 사과망고를 발견하고 그것을 집으려는 순간

x가 망고를 먼저 집어 들었다. 잠시 언성이 있자 마트 아주머니가 제안했다.

칼이 있으니 두 사람 나누어 드시라 권했다. 갈증과 갈등에는 양보란 없었다. 망고를 납작하게 타원형 씨앗을 하나 갖고 있었다. 자르다 보니 여성의 그것처럼 보였다.

좌측은 y가 우측은 x가 다시 먹기 좋게 껍질 위에서 여러 개의 직사각형으로 다시 미분했다. 먹으면서 갈증이 해소되고 이해하고 사과하며, 서로에게 노란 웃음과 달싹한 미소를 날렸다.

미소와 웃음 사이로 이미 먹어버린 망고의 크기를 알아보자며

몇 조각 먹었어요? 내가 많이 먹었나요?

긍정이 시작되었다. 사랑이 시작되었다

내면엔 달콤한 조각이 쌓이고 믿음이 적분되고 있었다

$y=2x^2$로 y는 x를 두 번 생각하고 다시 배로 적분해서

완전한 답 하나 $\Sigma$ (시그마)로 사랑 망고를 심을 날이 내일로 다가왔다.

「미분과 적분의 사랑  It draw a XY parobola」

## Exercise. #Z

**원점 | Zero Point**

# Z e r o  P o i n t

(알파벳의 고유한 뜻)
출발점, 지점
선긋기
확실한 의미
연결
깃발, 표시(약함/뽑다)

어떤 연결
들어 올림
에너지 이동
멋대로움직임(진동/모으다)

Try #1. 의미 단어들의 연결, 혼합 및 여과

어느 시작점
확실한 표시
없으며 있는 것
에너지 이동의 정지

Try #3. 실체의 간결화 및 결정

꿈에서도
너는
이제
뚝

「원점  Zero point」

## Exercise. #Z+

누구는
무심한 어항에 미끼를 던집니다
물결은 무언가를 던져야 일어납니다
파동이론이 유혹으로 번져갑니다

수면은 혼란한 거품을 내뿜습니다
큰 바람 떠도는 구름
어쩌다 소낙비라도 만나면
젖어 비틀거리는 것은 인간의 일
던져진 우산이 죄(罪)일까요
어쩔 수 없는 낚싯밥을 외면합니다

그러다 덥석 망설임을 베어 뭅니다
두 팔로 하늘로 바라보는 것 죄일까요
심장에서 쏟아내는 비가 죄(罪)일까요
그가 되묻습니다
찰랑찰랑한 저 경계를 지우면 죄(罪)일까요
화면이 바뀌고
끝을 무는 비논리 속을 헤엄쳐 가고 있습니다

「렌즈로 본 세상  The zoom world」

## 잠깐! 에티오피아 커피

예가체프(Yirgacheffe)
향(aroma)이 가장 강하며 중간 맛(second taste)과
뒷맛(after taste)은 유난히 가볍고 신맛과 쓴맛이 강합니다.
흐리게 추출해서 먹을 때는 뒤를 받쳐주는 커피와 블렌딩을 하면
강한 향이 있는 밸런스를 만들어 주며,
에스프레소로 진하게 추출하는 것도 뒤를 강하게 만드는 방법이며,
예가체프로 뽑은 에스프레소에 설탕을 듬뿍 넣으면
가장 환상적인 커피가 됩니다.

모카 시다모(Mocha Sidamo)
이가체프보다 향은 덜하지만 에티오피아 커피 중 밸런스가 가장 좋으며,
스트레이트로 드립할 경우 시다모가 최고입니다.

에티오피아 모카 하레르(하라)(Mocha hararr)
하레르의 맛은 이가체프와 시다모의 딱 중간입니다.
하레르 커피의 묘한 균형은 예멘으로 건너가 재배되어
세계에서 가장 강력한 커피인 '예멘 모카커피'를 탄생시킵니다.
에티오피아 이가체프, 에티오피아 모카 시다모,
에티오피아 모카 하레르가 그것입니다.
모카란 한때 커피거래의 중심이었던
예멘의 유명한 항구 알 모카(Al-mokha)에서 유래되었습니다.

# 4

## 제 4장 영시평론

## 그 찻집 | The Tea Shop, Ezra Pound

The girl in the tea shop
Is not so beautiful as she was,
The August has worn against her
She does not get up the stairs so eagerly
The glow of youth that she spread about us
As she brought us our muffins
Will be spread about us no longer.
She also will turn middle-aged.


찻집의 저 아가씨
예전처럼 그렇게 예쁘지 않네.
팔월이 그녀 곁으로 지나갔네.
예전만큼 층계를 열심히 오르지도 않네.
우리에게 둥근 빵을 갖다줄 때
주변에 풍겨주었던 그 젊음의 빛도
이젠 더는 풍겨줄 수 없겠지.
그녀도 중년이 될 거야.
- 에즈라 파운드

시인 : 에즈라 파운드 (Ezra Weston Loomis Pound)
출생 : 미국 (1885~1972)
작품 : 《칸토스》, 《꽃잎들이 물 속에 떨어졌다》, 《오렌지색의 장미》, 등
시집 : 《페르소나》, 보티시즘(Vortices) 소용돌이 이론을 최초로 주장한 시인

피천득 시인은 "오월은 금방 찬물로 세수한 스무 살 얼굴이다"라고 했습니다. 결코 소용돌이의 계절은 아닙니다. 그러나 주변 환경은 이념적 소용돌이로 빨려 들어가고 있습니다. 하지만 시인은 詩로 언급해야 합니다. 좁아진 세계로 눈을 돌려 영미문학을 읽다 보면 미국의 시인이며 평론가인 에즈라 파운드(Ezra Pound)를 결코 비켜 갈 수는 없습니다. 그의 詩는 간결하며 이미지 세밀화로 되어있으면서 조용히 큰 회오리를 만들고 있습니다. 그는 보티시즘(Vortices)이란 소용돌이 론으로 큰 회오리를 만들어버린 시대적 전설입니다. 여기 시인의 "찻집"이라는 조용하면서도 거대한 돌풍 하나를 소개합니다.

보티시즘이란 이론적 혼란 속에서 긍정만 모아보는 혼란 속의 탈출로 그 시대적 혁신적 이론입니다. 어느 찻집에서는 다 함께 늙어가는 것에 한탄만 하는 것이 아니라, 스스로 깨달아야 한다는 것입니다. 인생 삼 분의 이에 견줄 수 있는 8월의 아름다움은 떠나가지만 새로운 무게의 매력으로 남아 있다는 것이겠지요. 어쩜 하나의 단순한 잠깐 동작의 부정적 표현 같으면서도, 그 속에 긍정의 소용돌이를 심었다고 할까요. 글로벌화된 삶 속에서 지금 내 것이 아닌 것을 내 것으로 한번 만들어 봅시다.

2019년 5월 29일 울산신문「시인의 시선」

## 우유와 벌꿀 | milk and honey, Rupi Kaur

you must have known
you were wrong
when your fingers
were dipped inside me
searching for honey that
would not come for you

당신은 알고 있어야 합니다
당신이 잘못이란 것을
당신의 손가락이
내 몸속 깊이 들어와
벌꿀을 찾으면
그것은 당신에게로 가지 않을 것입니다
-루피 카우어


시인 : Rupi Kaur
출생 : 인도, 1992년생 (나이 27세)
거주지: 토론토 캐나다
국적: 캐나디언
직업: 시인 겸 아티스트 및 일러스트

미국에서 살다 오신 한 여류시인으로부터 선물 받은 시집에 실린 "milk and honey"(우유와 벌꿀)은 캐나다 및 미국에서 사회적 큰 반응을 일으킨 루피 카우어의 시인데 감히 소개한다. 이 시는 시집에서 분류된 단락 "the breaking"(깨뜨리다)에 나오는 한 편의 시이다. 루피 카우어(1992년생)는 젊은 여류 시인 답지않게 대담한 표현주의 작가라 할 수 있다. 시집 전체, 아니 그 어느 곳에도 주어, 관계대명사, 관사, 문장의 시작과 끝에 대문자와 마지막 마침표를 하지 않음으로 전달하고자 하는 의문의 시적 의도를 보여주고 있다.

대문자 하나 없는 시집, 또한 화자를 작게 함으로써 '시는 독자의 것이다'라는 것을 확실하게 해버린 장치를 넣었다. 보는 순간 독자가 화자가 되어버린 현상과 또는 화자가 얼굴을 가린 페르소나 기법으로, 성적 반응과 불문율 같이 표현하지 않았던 것들을 대담하게 등장시키고 있다. 사회 통념상 표현하지 않았던 도덕 기준의 경계를 은근슬쩍 넘겨버린 직유로 행위를 사진처럼 묘사했다고나 할까.

아무튼 시의 초점은 인간의 본성을 예리하게 표현하고 있다. 이 한 편의 시가 그의 세계를 모두 보여줄 수는 없을 것이다. 또 신문이라는 특수한 조건과 지면의 한계로 혼란스러운 시를 여러 편 소개 할 수 없기에 요즈음 젊은이들이 한 번쯤 읽어 볼 만한 시집이라고 추천하고 싶다. 또 하나의 큰 제목으로 여러 편을 실은 것도 특징이라고 할 수도 있겠다. 이는 주제 하나를 놓고 여러 의견이 있는 것처럼 대담하는 방식인데 시인 혼자서 다양한 생각을 풀어 놓아 도전해 보고 싶은 시 쓰기 방식이다.

너무나 유명한 시인의 시를 평한다기보다 사회적 기준이 세월에 따라 급속히 변하고 있음을 보여주고, 시인 역시 보수적 기법의 경계를 무너뜨려야 소재 다양성이 열린다는 것을 보여주는 작품이라 하겠다. 쏟아지는 가을에.

2019년 10월 23일 울산신문「시인의 시선」

## 사랑의 후식 아포카토와 비엔나

아포가또(Affogato)는
이탈리아어로 '끼얹다', '빠지다' 라는 뜻이다.
이탈리아의 대표적인 디저트로
진하게 추출한 에스프레소에 아이스크림을 올리거나
아이스크림 위에 에스프레소를 끼얹어 마시는 커피,
달콤한 사랑.

비엔나 커피(Vienna Coffee)는
주로 오스트리아에서 아메리카노에 휘핑크림을
얹어 만든 것으로 핸드 드립 또는 프렌치 프레스로
진하게 뽑은 커피 위에 크림을 올려 만든다.
크림이 올라가기 때문에 커피가 연하며 후식으로 적격,
느끼한 사랑.

# 제 5장 한자(漢字)를 기본으로 하는 시작(詩作)

## 5.1 관심으로 바라보다, 깨닫다

目 : 눈, 보다, 눈여겨보다, 응시하다

眼 : 눈매, 눈안

盲 : 소경, 눈이멀다, 도리를 구별하지 못하다

見 : 눈여겨보다, 생각해보다, 터득하다, 보는 바, 돌이켜 보다, 그 밖에 것을 보다

相 : 관상, 서로보다, 마주하다

眐 : 홀로 바라보다

看 : 손을 이마에 대고 바라보다, 지키다, 방문하다, 멀리있는 것을 보다

眹 : 눈짓하다, 눈을 깜직이다

盹 : 졸다, 선잠, 눈감다

瞋 : 현기증이 나다, 놀라다

省 : 살피다, 깨닫다, 분명히 하다

視 : 보이는 것을 보다

示 : 추상적으로 보다

望 : 멀리 바라보다, 희망

觀 : 자세히 보다, 드러내다, 관찰하다

## 5.1.1 보고도 못 보는 것

보았습니다
감긴 눈으로 약초를 캤습니다
인생 깜박 선잠 꿈길에서 산삼을 만났습니다
부릅뜬 눈으로도 볼 수 없는 것을 잡았습니다
당신은 친절히도 낙엽의 아름다움을 설명했었지요
차마 난 이별마저 보인다고 말할 수는 없었어요
보면서도 안 보인다고 거짓말을 했습니다
내겐 특수한 안경이 있다는 것을 알았습니다
얼마나 갈진 모르지만 밥맛이 돌아왔습니다
두 별이 어디 있던
빛나는 별만 가득한 그 어린 시절로 있습니다

「보고도 못 보는 것」

## 5.1.2 엄마와 딸

나만 보면 지랄이야 저 아저씬
네가 잘못했겠지
쓰레기 잘못 버렸다고 그러잖아
엄마
왜
저 아저씨 입을 세탁기에 넣어 좀 씻어
거기다가 가루비누 듬뿍 넣어서
네가 내 딸 맞니?
그럼 주워왔나?
그래 네가 버린 쓰레기처럼 날아다니는 것 주웠다
엄마도 몰래 갖다버리랬잖아
그런데 다 보았잖니, 답순아

「엄마와 딸」

詩는 결국 사심이다
특히 한문과 한자를 기본으로 하는 시는 독자들의 심리적 울림이 많다. 그것은 한자 자체가 내포하는 뜻이 많기 때문이다.

책을 쓰면서 타인이 쓴 시를 인용하려 했으나 적절성에 여러 가지 인용적 어려운 문제와 출판 문제로 나의 詩를 예시했다. 따라서 이 책에선 시의 내용이 완벽하다기보다 시를 쓰는 개인적인 기초와 방법(skill)을 소개하는 것 정도이다.

보고도 못 보는 것에서는 지(志) 즉 본심에 내적 자극을 주는 다소 철학적인 울림을 주는 시의 흐름이다. 미적 분류로는 현실적 장벽과 이상에 대한 좌절의 표현인 비장미라 할 수 있다. 다소 보수적인 경향이 있으며 은유다.

엄마와 딸은 미적 범주로 보면 골계미로 부정적 현실의 수용이라고 할까? 여기서는 해학과 풍자로 사회적 알림을 표현하고 있다. 현대적 경향이며 직유처럼 보이나 인식의 차원에서는 은유다.

## 5.2 말하다, 이해하다

言 : 말하다, 호령하는 말, 발언하다, 꾀, 모의하다

詩 : 시, 운율, 노래, 악보

語 : 말하다, 대답하다, 논의하다, 설명하다, 담화하다

說 : 논의하다, 해설하다, 변명하다, 이야기하다, 변명하다

訣 : 작별하다, 이별하다, 끊다, 결단하다

記 : 기록하다, 기억하다, 적다, 외우다

計 : 계략, 계획하다, 헤아리다, 꾀하다

設 : 베풀다, 설립하다, 설비하다, 진열하다

口 : 목구멍, 입

舌 : 혀, 목관악기 소리

開 : 열다, 열리다, 사라지다, 소멸하다, 끊다

河 : 강, 흐름, 흐르다

門 : 문, 출입

叫 : 부르짖다, 울다, 부르다


어불성설(語不成說) : 이치에 맞지 않아 도무지 말이 되지 않음

어묵찬금(語嘿囋噤) : 말하기와 입 다물기, 잘 분간하여 말하다

신구개하(信口開河) : 입에서 나오는 대로 함부로 말하다

화생어구(禍生於口) : 재앙은 입에서 나온다, 말조심해라

구화지문(口禍之門) : 입은 재앙의 문이란 뜻으로 재앙이다

구약현하(口若懸河) : 말을 폭포 물이 흐르듯 잘하다

감언이설(甘言利說) : 달콤한 말과 이로운 조건을 내세워 꾀는 말

삼사일언(三思一言) : 세 번 생각하고 한번 말한다

신신신야(信信信也) : 잘못을 해놓고도 인정하지 않고 자꾸 꾸며서 좋다고 우긴다

신상필벌(信賞必罰) : 공이 있으면 상을 내리고 잘못이 있으면 벌한다

요순고설(搖脣鼓舌) : 함부로 남이 좋고 나쁨을 지껄여 비평한다

망연자실(茫然自失) : 어찌할 줄을 몰라 정신이 나간 듯이 멍함

아비규환(阿鼻叫喚) : 여러 사람이 참혹한 지경에 빠져 고통받고 울부짖는 상황

니즘마설(你怎麼說) : 당신을 어떻게 부르실지

## 5.2.1 그대는 어떻게 말하실련지요(你怎麼說)

나는 당신을 박물관이라 부르지요
그대는 나를 어떻게 말하실련지요
그 시간도
그 기억도
그 나이도
그 얼굴도
당신은 나의 모두를 가지고 있잖아요
문득 개인박물관이 아니다는 생각이 듭니다
이미 강물은 흘러 강변을 휘돌았으며
그 버들피리 능수는 흔적을 잃었지요
당신은 어떻게 나를 부를지 선잠을 깨웁니다
오늘 갑자기 가을이 왔습니다
모두가 아름답다고 하지만
난 그냥 그대 속에 잠든 효소 균 일 뿐입니다
씁쓸한 가을바람이 불어옵니다
물레방아 카페엔 단풍으로 덮고 있습니다
그대 내 이름조차 잊으신 것은 아니겠지요

「그대는 어떻게 말하실련지요(你怎麼說)」

사자성어의 뜻을 살펴보고 작가가 써 내려가고자 하는 시제의 자료를 찾아내는 방식
이다. 미적 분류로는 현실적 장벽과 이상에 대한 좌절의 표현인 비장미라 할 수 있으
며 은유다.

## 5.2.2 말없는 말(有無有 無說說)

붉은색 펜이 말라버렸다
어제까지 살아있었는데
내 탓이다 내 탓이다
사랑하지 않았기에 택한 길이다
미움도 연민도 아니 그냥
내버려 두었기에 돌아선 길이다
유무유
있는 것은 없고 없는 것만 있어
무설설
말 없는 말만 독백으로 흐른다

「말없는 말(有無有 無說說)」

詩는 한자를 이용하여 글자 수를 줄여 간결화하는 동시에 저자가 가진 철학적 의미를 던지고자 했던 작품이다. 선과 악을 구분함으로써 단순 이분법적으로 분류해 밀레니엄 세대가 받아들이기엔 다소 어려움이 있을 것이나 개성이 분명히 드러난 것이 특징이다.

## 5.3 기타 한자

### 5.3.1 결, 결과 결(結, 缺과 決)

또 부러졌다, 안경테가 부러졌다
안경원을 찾았으나 이미 휴대폰 판매점이 되었다
혹시나 전화한다
"결번입니다" 기계음이 들려왔다
언젠가부터 "결"을 유난히 싫어한다
맺을 結도 있건만 괜히 외로움을 느낀다
지금까지 너무 외형만 추구한 결과일까
이지러질 缺에 또 속 터질 決이다

「이지러지다」

## 5.3.2 이순(耳順)

그 여자 수다 속엔 오직 세 가지만 있었다
그때의 남자
지금의 남자
저기 저 남자
한 남자의 관심 속엔 세 가지만 있었다
피는 꽃
완숙한 꽃
지는 꽃
일순간
그 어떤 색채에는 관심 없이
그 속에
숨은 이야기를 받아 들이고 있다
이것도
다 살아 있으니 하는 소리들

「이순  Sixty years old」

### 5.3.3 동풍(東風)

동해(東海) 바닷가에 와 있소,
참 이름도 잘 지으셨구려
늘 푸르고 넓은 마음이라는 부모님 바람이 보이는 흔치 않은 이름입니다그려.
작은 칡뿌리 하나 캐고 나니 가을이 가버리는군요.
천년 신라도 겨우 몇 군데 절터만 남기고 없잖소.
바다는 마음 바다가 아니고 신라는 신라가 아닌 곳에서 난,
아니 우린 감은사 돌탑처럼 나이 층층 쌓으며 신라(新羅)로 가고 있잖소
그 따뜻한 손 어디 두고 오늘 저녁엔 동풍(東風)이 동풍(凍風)으로 차갑게도 부는구려.

「동풍  East wind」

### 5.3.4 사고와 사고(思考와 事故)

서리인지 첫눈인지 분별이 어려운 것들이
죽어버린 차 위로 모여들어 기세를 불리고 있다
연말 추위는 늘 움츠리고 떨면서도 당당하다
피디를 만난 것은 오래되었지만 분명 사고였다
희미한 그림자가 얼굴을 더욱더 붉게 하고 있었지만
꽤나 매력 있는 얼굴이었다
작은 아우라는 있으나 기회가 없어 보였다
가끔은 헐값 독백 같은 농담을 던지는 것은
회한(悔恨)을 토해내는 나름의 방법인지도 모른다
"옆에서 다 가져가 버리고 난 복이 없어요"
인생을 토하는 문장이었다
그렇게 피디를 만났다
굴레가 굴레를 잡고 돌아가는 것은
Pity(연민)란 이름 때문인지도 모른다
부풀은 풍선만큼이나 같은 공간을 먹어버린 사고(思考)와 사고(事故)

「사고와 사고  Thinking and Accident」

## 5.3.5 갈변(褐變)

갈변된 부분을 잘라버리세요
모두가 퇴색되고 단칼에 버려진다
짙푸른 심해도 결국엔 종말이 있을 것이다
자연이다. 자연일 뿐이다
늘 그래왔고 그렇게 된다
대방출 화장장은 붐비는 시간에도
"갈변된 과일을 먹지 마세요"
광고 카피 문구 같은 이 문장 하나에
종착역이 삼베 색으로 보일 때
스텔스기같은 숨긴 마음으로
변해가는 영수증이 쓰레기통 앞에서
푸른 멍 자국으로 제행무상*의 깊이를 잃고
존재계란 우주의 티끌도 아닌 것을

「갈변 Browning」

\* 제행무상(諸行無常): 삶에 무슨 법칙과 공식도 없이 끝없이 흐름

### 5.3.6 하늘 독(禿)수리

독(禿)수리를 한 번도 대면(對面)한 적이 없습니다
물어보고 싶은 것이 너무나 많은데요
왜 주검을 먹습니까?
사자의 서(死者의 書)엔 무엇이 적혀 있나요?
저 산 정상(頂上)에 떠올라 두어 번 도는 것은 무슨 의식(儀式)인가요?

겨우 아는 것은
무서운 부리로 맹독(猛毒)과 갈고리 부리의 잡념(執念)으로
온갖 쓸모없는 탐욕(貪慾)을 깨끗이 청소(淸掃)한다는 것 뿐입니다
또 그들이 그토록 바라던 형이상학(形而上學)의 매개체(媒介體)임을 몰랐습니다

살다 보면 청소하고 싶고
깨끗이도 주변(周邊)을 정리하고픈 때가 있겠지요
가까이 있다는 이유만으로
치부(恥部)되는 모순(矛盾)이 싹이 트면
내가 아니면 그만이라는 이상한 이기(利己)로 덮어버리면
초야(初夜)의 그 야릇하고 신기한 것들은 사라지고
꼭 과일을 맺으려 할 때 좌절(挫折)과 허무(虛無)가 엄습(掩襲)하지요

피안(彼岸)의 세계도 초야(初夜)처럼 황홀한가요 지은 죄가 커서
이상한 사유(似喩)를 만지작거리면서
오직 날개만 퍼덕거리는 하늘 독수리의
저음(低音)의 슬픈 울음을 이해(理解)하려 하지만 알아들을 수가 없습니다
예, 불뿜는 독수리를 마지막으로 만나겠지요
그래요, 모두가 자연(自然)이겠지요

「하늘 독(禿)수리」

## 5.3.7 하늘 독수리에게 묻고 싶습니다

독수리를 한 번도 만난 적이 없습니다
물어보고 싶은 것이 너무나 많은데요
왜 주검을 먹습니까?
죽은 자의 글에 무엇이 적혀 있었나요?
저 산꼭대기를 아래로 두고 두어 번 도는 것은 무슨 의미인가요?

겨우 아는 것은
무서운 부리로 지독한 독과 갈고리 부리가 끈질기게 매달림으로
쓸모없는 지나침을 가지고자 함을 치우고 없앤다는 것뿐입니다
또 그들이 그토록 바라던 사물의 본질에 전달체임을 몰랐습니다

살다 보면 자신도 정리하고픈 때
가까이 있다는 이유만으로 숨기고 싶은 어긋남이 싹이 트고
내가 아니면 그만이라는 이상함으로 덮어버리면
첫날밤의 그 야릇하고 신기한 것들은 사라지고
꼭 과일을 맺으려 할 때 쓰라림과 무의미만 들이닥치지요

경지의 세상도 그날 밤처럼 황홀한가요
죄가 커서 생각과 궁리만 만지작거리면서
오직 날개만 퍼덕거리는 하늘 독수리의
낮은음의 슬픈 울음을 이해하려 하지만 알 수가 없습니다
예, 불뿜는 독수리를 마지막으로 만나겠지요
그래요, 모두가 저절로 흐를 뿐이랍니다

「하늘 독수리에게 묻고 싶습니다」

**사랑의 심리학**

사랑에서 여자가 받고자 하는 것과 남자가 받고자 하는 것

1. 관심 ↔ 신뢰
2. 이해 ↔ 인정
3. 존중 ↔ 감사
4. 헌신 ↔ 찬미
5. 공감 ↔ 찬성
6. 확신 ↔ 격려

*love*

# 6

## 제 6장 추(醜)의 미학

## 6.1 시의 기본과 미적 범주

1) 시의 기본

　　– 은유(Metaphor) : 비유

　　– 아이러니(Ironic) : 반어

　　– 파라독스 (Paradoxical) : 역설

　　– 리듬(Rhythm) : 강세

　　– 기타 직유, 비유와 상징 등은 여기서 언급하지 않기로 한다.

2) 미적 범주(미의식)

　　– 문학이 추구하는 아름다움의 범주에는 비장미, 우아미, 골계미, 숭고미가 있다.

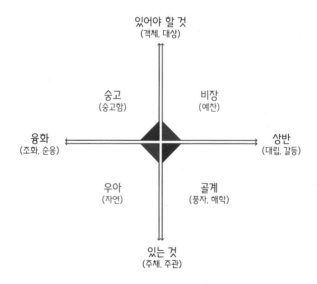

미적 범주는 '주체(나)와 객체(자연, 사회)의 대립'과 '가치 사이의 관계'를 기준으로 다음 네 가지 유형으로 나눠진다.

① 우아미: 조화와 순응 → 갈등과 모순이 없는 상태

② 골계미: 주체의 우위주장 → 이의 제기, 풍자, 조롱

③ 비장미: 주체의 열세 인정 → 현실적 장벽, 이상의 좌절

④ 숭고미: 객체와 합일 추구 → 주객의 모순과 융합

*동일의 「한국 문학의 양상과 미적 범주」에서 인용

모든 문학 작품에는 '있는 것'과 '있어야 할 것'이 존재한다. '있는 것'이란 현재 작품에서 보여지고 드러나는 것이고, '있어야 할 것'이란 그 작품(의 주인공)이 지향하는 바나 그 작품 이면에 존재하는, 일종의 전제된 무엇을 의미한다. 이 '있는 것'과 '있어야 할 것'이 어떤 관계를 맺고 있느냐에 따라, 우리는 문학 작품에서 네 종류의 아름다움을 다르게 느끼게 된다.

둘이 서로 대립되어 나타나면 비장미와 골계미를 느끼게 되고, 그 둘이 서로 융합되어 나타나면 우아미와 숭고미를 느끼게 된다. 숭고미와 비장미는 '있어야 할 것', 우아미와 골계미는 '있는 것'에 속한다.

- 있어야 할 것에 의해 융합이 이루어지면 숭고미
- 있는 것에 의해 융합이 이루어지면 우아미
- 있어야 할 것을 긍정하고 있는 것을 부정할 때 비장미
- 있는 것을 긍정하고 있어야 할 것을 부정하고 파괴할 때 골계미

## 【 우아미 】

반석은 불가능을 가능으로 세웠다
육지 동물과 바닷고기가 함께 산다
땅 위, 새끼 밴 암놈 곁에 호랑이가 함정에 빠진다
움칠하는 표범 너머
놀리는 듯 멧돼지는 교미한다
자랄 만큼 자란 새끼를 집 떠나보낼 요량으로
어미 사슴도 젊은 수컷과 다음의 해후를 미리 푼다
이 땅엔 내일의 사랑만 산다
바다, 인간의 작살 맞은 고래 곁
거북이 몇 마리 사람을 에워싼다
새끼를 보호하는 고래
순산하려는 범고래와
귀신고래 긴수염고래 혹등고래 북으로 북으로 헤엄친다
물개만 황홀한 여유로 허우적거리고 있다
인간의 명줄 긴 욕심도 산다
사람, 그물과 배 세상의 덫에 몇 마리 속아 든다
다시 수천 년이 지나 사람만이 표독하게 변한다
바위도 물살도 그대로인데
사람이 사람을 올가미 씌우는 지금
사람보다 무서운 건 이미 다 죽었다
여기 그때의 여유를 보라

「반구대 암각화  Bangudae Petroglyphs」

## 【 숭고미 】

어쩌다 한 인간이 밟고만 갔습니다
그 시린 몸뚱아리 다시 일으킵니다
이름마저 지워버린
천하디천한 생각을 바로 세웁니다
나는 그냥 들꽃입니다만
이름있는 것들이 나보다
순수하다 할 수는 없을 것입니다
결코.

「들꽃  Wild flower」

## 【 비장미 】

적석산 끝자락에
새 한 마리 죽어간다
깃털을 뽑아 키운 새끼 몇
가난이 싫어 서울로 날았으나
두절이라는 게 유일한 소식이고
홀로 남은 막내는
늙은 밭에서 하루를 쪼다가
막걸리 사발과 함께 무너진다
잊었다 잊혔다 선뜻 떠오르는 아비는
목각새가 된 지 오래인데
그 곁에 울다 뽑힌 식어가는 깃털로
오늘도 쑤셔오는 창살 둥지를 만든다
날개 잃은
치매새 한 마리 둥지만 높아간다

「새장에 갇히다  Locked in a birdcage」

시집 『다빈치 구두를 신다』 중에서

*새 : 시골에 홀로 남은 노인

## 【 골계미 】

거미*는 곤충이 아닙니다. 사기꾼입니다
변태도 없이 걸려들기만을 기다립니다
허물이 없는 것은 곤충이 아닙니다
허물 한 점 없는 것은 사람도 아닙니다
이상한 세상엔 속임수만 기다립니다
기다린다는 것은 사기술의 대표 언어입니다
오면 좋고 오지 않아도 변명할 수 있습니다
불행하게도 술수의 매개물이 옵니다
유혹으로 오는 비가 있습니다
제비가 낮게 날아다닙니다
곤충을 낚아채려고 인간을 잡아먹으려고

제비*는 거미를 잡지 않습니다
걸려들면 뼈만 남는다는 것을 잘 압니다
긴가민가 묘심으로 흔드는 고양이보다
제비가 무섭습니다. 몸과 錢을 쪼아대기에
요즈음 길목 문지방 아래
거미는 더욱 무섭습니다. 뼈만 추리기에
세상엔 온통 줄과 줄 뿐입니다
누구는 이 무게 잃은 외줄조차 없습니다
마구 떨립니다 떨리다 걸려들까 봐 진동으로 떨립니다

「거미는 사기꾼입니다 Spiders are cheater」

저서: 「다빈치 구두를 신다」 에서

*거미: 정치인  *제비: 여성을 유혹하는 인간

## 6.2 글쓰기 알고리즘

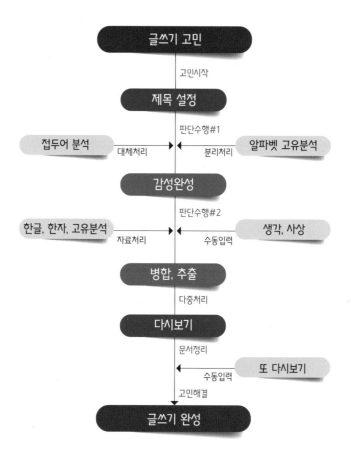

## 6.3 추의 미학 연구

### 노자의 추의 미학

노자는 아름다움과 추함, 선과 악의 상대적인 문제로 해석했다. 모든 가치는 중립적으로 그 의미를 생각할 수 있다는 것이다.

"유무상생(有無相生)"이란 개념 역시 두 방향에서 이해해야 한다. 일단 '유'를 말하자면 '무'를 떠올리게 된다는 의미, 즉 상호의존적 관계가 그 첫째이고, 만물이 늘 변화 속에 존재한다고 강조하고 있다.

"천하의 만물은 유에서 생겨나고, 유는 무에서 생겨난다"라고 하여 '유'와 '무'의 관계는 상호관계로서 지금의 '유'는 이전에는 '무'였다는 사실을 지적했다.

### 로젠크란츠의 추의 미학

미학은 인간의 감성과 관계되는 다양한 대상이 있다

'아름다운 것', '위대하고 영웅적인 것', '비극적인 것', '희극적인 것', '추한 것' 등이 있다. 여기서 추한 것은 비대칭, 부조화, 하찮음, 연약함, 비천함, 천박함, 졸렬함, 구역질 나는 것, 추악함, 역겨움 등 부정적이고 불안전한 것에 대한 언짢은 아름다움이라며 추의 미학에서 특별히 분류하고 있다. 또 이는 작품, 사건 또는 행위의 추를 분석하는 개념적 도구가 된다.

### 추의 정의

문학상의 용어로 추는 미의 대립 개념으로서 일반적으로 미적 규범에 어긋나며 미적 관조를 방해로 즉 반미적인 것을 의미한다. 그러나 넓은 의미로는 미에 대립하는 미적 범주에 포함된다. 미를 잃을 경우, 혹은 미의 반대 요소가 강한 경우의 미의식의 내용으로 좁은 의미로는 예술의 표현 내용이 미적 형식을 파괴하고 나아가 숭고, 힘, 비장(悲壯) 등의 정서적인 반응을 일으킬 때의 미적 감정이다.

저자의 개인적 생각도 반의 관계로 볼 때 아름다움이란 추함으로부터 출발함으로써 반미적이란 것도 미의 한 부분일뿐이라는 쪽이다.

## 【 자연의 추 】

살아있는 화석 바퀴벌레마저 죽어버리고, 생명이라곤 없다
환한 어둠은 암흑보다 더 짙은 두려움으로 엄습한다. 낮과 밤이 따로 없다
덮침은 인플루엔자까지 주고 갔다. 근 스무날이나 죽어있었다. 왜 하필이면 모두
갈 때 왔는지는 완벽하게도 화장장 불길은 주검마저 지웠다.
가을도 겨울도 아닌 날들이 계속되고 매달린 것들은 철저히 죽어서 땅을 밟고 그 위
로 바람은 마지막을 모질게 중력에 대항하지만 물기조차 완벽히 빼앗긴 주검은 깊은
호수에 한낮 떠돌이가 된다.
그 중에 하나 이미 타락한 혼마저 포기한 존재가 예리하게 칼 가는 소리처럼 발악해
보지만 이미 냄새 가득한 썩는 시체일 뿐, 바퀴벌레의 밤이 가듯 충만했던 하트 잎은
사연 많은 똥 무덤 하나의 덮개로만 남았다

「마지막 잎새 너마저  The last leaf」

## 【 관계에서의 추 】

결산서에 1을 지우고 0만 남았다
완벽한 해결처럼
그런데
1의 악습이 뒷장부터 드러나기 시작했다
끝은 끝이 아니었기에 두려움이 몰려왔다
인생이란 정말 어려운 것일까
아니면 미움의 칼날 같은 것일까
지남과 다음이 같은 선에서 정신을 잃었다
스스로 구속으로 용서받을 요량의 길은
지우고 싶은 것이 너무 많기 때문일까
사탄이 한 인간을 시험하고
모순이 넘치고 대립이 갈등을 폭파하고
마치 지구 어디에도 양립만 있는 것처럼
부정의 거친 모순의 답습이 무섭다
마침내 무의식마저 지배하려 할 때
둘의 기억들은 이미 죽어 슬픈 사물로
독수리가 뜯어 먹고 하늘로 날아버린 것에
주검의 존재 뼈마저 완벽하게 없애려 한다
상실이 완벽한 완치일까 지우고 싶은 날들

「인계 결산 보고서  A hand over report」

## 【 정신의 추 】

주스를 마시고 사악해졌다
주스 팩 꼭지를 탈환했기 때문이다
달다 그래서 늘 입술을 살짝 열어 빤다
혀로 느끼는 클렌징 주스는 늘 달콤하다
주스는 색이 짙으나 색이 없다
카드 패 속임수처럼 알고도 속는다
주스의 유혹은 모두를 마술사로 만든다
우유 주사보다 더 황홀하며 상쾌하다
주스로 우주를 만들 수 없으나 다음은 만든다

「주스 Juice」

## 【 부정적 추 】

혼자일 땐 생성의 근원
둘이 되면 협동의 시작
셋이면 경쟁의 시초
넷이면 사회를 형성
다섯이면 오염의 출발
여섯이면 분파의 결성
일곱이면 싸움의 원인 제공자가 분명 있다.

「가나다라마바사  ABCDEFG」

## 6.4 추(醜) 미

아직도 그녀의 몸속에 누구 초콜릿이 머물고 있을까
아름드리 소나무 한 그루에 발길질은 요동도 없다
지워버린 주소를 수소문하고 싶은 이순의 청춘

무덤도 외롭지 않은 코로나 세상
용케도 도망자로 입이 틀어박혀서 살았으나 죽은 것들
그 속에 함께 영원히 묻어버린 곁가지 사물의 증거마저
까발려버린 6월 초에 늙어 떨어진 솔방울들

그날은 탄피와 철모가 간간이 묻혀있던 야산의 하룻밤
아름다운 전쟁이 폭발했던 가물가물한 소나무에 터진 포탄들
어느 예쁜 손녀 할머니를 흔들어 깨우는 엄청난 스침

심장까지 침투한 솔향이 술보다 더 취함에 알고도 몰라
알파벳 마지막 글자 지그재그(zigzag) 상처 걸음이
말라버린 똥을 피하려다 인연의 배설을 밟아버린 취중 행위
볼품없이 박박 긁고 싶고 자르고 싶고 던지고 싶어
차라리 비목을 당일배송으로 기다리는 하루

「잃어버린 흉터 Lost scars」

접으면서...

세계적인 대 유행병으로 모두가 어려움을 겪는
시기입니다. 이것은 인간에게 닥친 첫 유행병이
아니며, 마지막도 아닐 수 있습니다.

그러나 아무리 지독한 유행병도 희망과 꿈을 향
해 나아가는 사람들의 의지를 꺾을 수 없을 것
입니다. 질병과 고립 속에서 훌륭한 문학 작품
들이 숱하게 탄생했던 문학사를 뒤돌아 보며 새
희망을 길러올립니다.

저의 시는 어쩌면 모자람을 감추려 쓰는 것인지
도 모릅니다. 소박한 문학 리듬을 함께 해 주신
모든 분들께 감사드립니다.

# A to Z
# 이것만 먹으면 누구나 시인

박진한 시와 해설

인쇄 1판 1쇄 2020년 06월 05일
발행 1판 1쇄 2020년 06월 05일

지 은 이 : 박진한
펴 낸 곳 : 필디앤씨
디 자 인 : 티플러스
주 　　 소 : 서울시 강남구 영동대로 513 3층 17
전 　 화 : 02 6000 3951
팩 　 스 : 02 6000 3950
인 　 쇄 : 태산인디고

값 15,000원